미오기傳

활자 곰국 끓이는 여자

미오기傳

이유출판

프롤로그

앞으로 나아가기 힘들 때마다 나는 과거를 불러 화해했다.
쓰고 맵고 아린 시간에 열을 가하자 순한 맛이 되었다.
나는 술래잡기하듯 아픈 기억을 찾아내 친구로 만들었다.
내 과거를 푹 고아 우려낸 글, '곰국'은 이렇게 나왔다.

그동안 SNS에서 많은 분이 화답해주셨고,
덕분에 나는 세상으로 나아갈 수 있었다.
그리고 곰국은 활자 중독자의 책이 되었다.
이 자리를 빌려 새삼 감사드린다.

책 제목은 『미오기傳』이지만 시간순으로 쓴 글은 아니다.
말하자면 통증 지수가 높은 기억의 통각점들을 골라 쓴
점묘화다.

서글픈 기억이 다시는 내 인생을 흔들지 않기를 바라며
쓴 글이다. 쓰다 보니 웃게 되었고 웃다 보니 유쾌해졌다.

나는 긍정적인 사람이 되기를 원했다.
운은 어쩔 수 없어도 성격은 바꿀 수 있지 않겠는가?
나쁜 기억은 끝끝내 살아남는 무서운 생존력을 갖고 있다.
그러나 마음을 열면 그땐 그럴 수밖에 없었다고
내려놓을 수 있는 순간이 온다.

아픈 기억을 가진 사람들이 내 글을 읽었으면 좋겠다.

2024년 4월
김미옥

차례

2 세상의 밥 한 공기

4 소멸의 아름다움

1
김 여사 해탈기

실사구시 김 여사

유년의 집은 공장을 지나 마당이 있는 살림집이었다. 요즘
으로 말하면 청계천이나 문래동에서 볼 수 있는 작은 공장
이었다. 사람들은 그것을 '마찌꼬바'라고 불렀다. 아버지
는 마찌꼬바 기술자였다.

　네 살부터 공장에서 놀았다. 서너 명의 공장 직원들이
일했다. 과자를 바이스에 넣고 손잡이를 돌리면 과자 가루
가 기계로 떨어져 야단을 맞았다. 나를 번쩍 들어서 마당
에 데려다 놓으면 울고불고 쳐들어가니 그들이 생각한 것
은 내게 공구를 들려주는 일이었다. 그런데 니퍼나 펜치를
손에 들려주면 마당 화초들의 모가지를 댕강 잘랐다. 그래
서 드라이버로 바꾸니 나사만 보면 돌려댔다. 라디오고 다

리미고 무섭게 해체하니 아버지는 내게서 기술자의 앞날을 본 것 같았다. 아들들은 기름 냄새가 싫어 도망가는데 막내딸년이 공장에 붙어사는 걸 보고 생각을 달리했다.

작은 프레스같이 생긴 '엑기생'이란 기계가 있었다. 거기에 주석 판을 넣고 힘주어 찍으면 톱니바퀴가 세척액 통으로 떨어졌다. 톱니바퀴는 세척액 속에서 금처럼 반짝거렸다. 그 세척액은 도금을 위한 청산화합물(CN^-)액이었는데 위험하기 짝이 없었다. 나는 내 손의 서너 배가 큰 장갑을 끼고 돌아다녔다.

나는 아버지 껌딱지였다. 밤에 아버지가 모눈종이를 꺼내놓고 금형 설계도를 그리면 연필에 침을 묻혀 따라 그렸다. '가다'라는 금형틀이 제작되면 온갖 참견을 했다. 특히 절삭 가공을 하는 선반lathe을 좋아했지만 쇳가루와 불꽃이 위험하니 좀 떨어져서 구경해야 했다. 자석을 들고 가서 쇳가루를 붙이는 장난도 했다. 작업이 끝나면 벗겨놓은 벨트도 손으로 만졌다. 한 번 꼬인 벨트가 뫼비우스의 띠라는 건 나중에 알았지만 그 당시에는 호기심으로 눈을 반짝거렸다.

마찌꼬바의 꽃은 파란 불꽃이 이는 용접이었다. 마스크를 들고 산소 용접기를 사용하여 파란 불꽃을 내는 모습이 미치도록 좋아서 나는 넋이 나간 표정으로 쪼그려 앉아 구경했다.

어느 날 용접을 하겠다고 마당에서 뒹굴었다. 나의 고집은 천하무적(?)이어서 때려도 소용없었다. 관철될 때까지 차가운 윗목에 이불도 없이 드러누워 있거나 굶었다. 막내딸 중독 증상이 있는 아버지는 어느 날 마스크를 씌워주며 용접기 사용법을 설명했다.

"너무 가까이 가서도 안 되고 너무 떨어져서도 안 된다. 닿을 듯 말 듯."

초등학교 4학년까지 나는 공장에서 살았다. 아버지가 공구 상가에 가는 날은 울고불고 따라가서 상가 주인과 하는 대화를 엿들었다. 당시 공구는 거의 일제였는데 나는 아버지에게 손잡이 색깔이 예쁜 독일제 드라이버를 사달라고 졸랐다. 아버지는 한숨을 쉬며 독일제 드라이버를 사주었다. 일자와 십자 드라이버 두 개가 내 것이 되었다.

아버지가 친구 보증으로 공장과 집을 다 날리기 전까지 행복했다. 그때 집안이 풍비박산 나지 않았다면 나는 대한민국 발군의 기술자가 되었을지도 모르겠다. 아버지는 특허를 많이 냈는데 특히 기억에 남는 것은 노기스 모양을 한 오리발 펜치였다. 노기스는 두께를 재는 공구이다. 오리발 펜치는 훌륭했으나 쇠의 강도가 물러 이빨이 빨리 나가는 것이 흠이었다.

나는 아버지와 오리발 펜치에 사용되는 철판의 강도를 얘기했다. 국산 드라이버와 독일제 드라이버 수명에 차이가 있는 까닭은 쇠 강도가 달라서임을 알아챘다. 아버지는 내가 의견을 말하면 재미있어했다. 내가 왜 독일제 드라이버를 샀는지 이유를 말하면 눈을 휘둥그레 뜨고 쳐다보았다.

초등학교 4학년 때 집이 망하고 내가 좋아하던 공장은 사라졌다. 아버지도 내가 5학년 올라갈 무렵 돌아가셨다. 그러니 나는 나의 공장을 찾을 방도가 없어졌다.

공학을 전공한 남자를 만나 결혼했다. 그는 일본식 공구 이름을 들이대면 황당해했다. 온갖 공식에 능했으나 실전에는 젬병이었다. 나는 드라이버로 밥솥을 해체해서 재조립하고 세탁기의 설계도를 다운받아 스스로 고쳤다. 키가 닿지 않아 전구를 갈아달라고 하면 용산에 가서 테스터기를 사오는 남자를 보고 한숨을 쉬었다.

"220볼트거든?"

해외 출장 가는 길이면 그 나라의 칼과 공구 세트를 사왔다. 주로 드라이버 위주였는데 각 나라 철강 산업의 현

주소를 알 수 있었다. 조립 과정이 엉성한 유모차도 해체해서 재조립하는 것을 보고 남자는 의기소침해졌다.

남자가 두 번 다시 반항(?)하지 않는 결정적 사건이 발생했다. 강원도에서 자전거를 타다가 넘어져 자전거가 부서진 적이 있었다. 살펴보니 용접만 하면 수리가 가능했다. 자전거포에 갔는데 주인이 없고 종업원만 있었다. 구식 산소 용접기를 쓰는 모습이 아주 서툴렀다. 내가 테스트를 한 후 직접 용접하자 남자는 입을 벌리고 구경했다. 나는 용접을 잠시 멈추고 한마디 했다.

"저리 가. 눈 버리니까."

남자가 내 서재에 있던 헨리 데이빗 소로우의 『월든』을 읽더니 전원생활을 꿈꾸며 주말농장을 하고 싶다고 소원을 말했다. 출가해서 도를 닦기 전에 먼저 농사를 하고 싶다는 것이었다. 남자 이름으로 100평 정도의 농지를 구입했다. 그린벨트이지만 언젠가 풀릴 것이란 계산속이었다. 농사를 짓고 싶다고 떼를 써서 낫과 호미를 샀다. 낫은 아버지의 공장에서 주문 제작을 한 적이 있어 쇠 강도와 절삭력을 꼼꼼히 살폈다. 시중에서 파는 것은 믿을 수 없어 장충체육관 앞의 대장장이에게서 맞췄다. 그는 나를 위해 담금질에 정성을 쏟았다.

농지의 용도는 밭이었는데 몇 년간 묵어서 거의 잡초밭이었다. 우리는 잡초를 제거하기 시작했고, 5분도 안 되어 저질 체력의 남자가 나무 아래에 앉았다. 나는 낫의 날 방향에 따른 작업의 효율성을 생각하며 일을 했다. 무뎌지는 기미가 보이면 다른 낫으로 교체해서 다시 일했다. 한참 일을 하고 있는데 옆 밭의 할머니가 남자에게 다가오더니 큰 소리로 말했다.

"저런 일꾼은 어디서 구했디야? 나도 좀 빌려줘!"

선빵의 맛

시골에서 성장할 때 맛이 부족했다. 단맛은 아카시아꽃이
나 샐비어 꿀을 빨아먹었다. 신맛은 싱아나 수확이 끝난
포도밭의 바보 포도를 따 먹었는데 그런 날이면 혓바닥을
빼고 다녔다. 최고의 신맛은 개미 똥꼬를 빠는 것이었다.
개미를 잡고 부르르르 떨다가 허리를 자끈동 부러트렸다.
살생과 도륙이 아무렇지 않던 시절이었다.

　나는 복장도 불량하고 웃지도 않아서 인상이 더러웠다.
동네 어른들이 머리를 쓰다듬으려 하면 눈알을 부라렸다.
어른을 좋아하지 않았고 어른들도 싸가지 없는 나를 좋아
하지 않았다.

　집에서 형제들이 떠들어대는 싸움의 기술을 유심히 들

고 익혔다. 싸움의 기술 중 최고는 '선빵'이었다. 나는 종종 구슬치기를 하다 맞장(?)을 떴는데, 맞은 아이 엄마가 집에 와서 울부짖었다.

"아줌마 막내아들이 우리 아들을!"

힘이 더 센 것은 아니고 다만 도구(?)를 들고 선빵을 날렸을 뿐이었다.

여자아이들 싸움은 유치했다. 서로 머리채를 잡고 팽팽하게 평형을 유지하면서 입으로 싸웠다. 시끄러워서 둘 다 발길로 차고 싶었다. 붙을 거면 예고 없이 바로 선빵이 들어가야 한다고 생각했다.

어느 날 운동장에서 셋째가 학교 회장과 싸운다고 헐레벌떡 꼬봉이 일러줬다. 급한 마음에 뛰어갔는데 아이들이 말릴 생각도 않고 구경하고 있었다. 셋째는 밑에 깔려 맞고 있었는데 나는 공사 중인 시멘트 블록을 집어 들었다. 날아서 회장의 뒤통수를 갈기자 머리를 싸안고 울음을 터트리면서 끝이 났다.

여기까지면 얼마나 좋았을까. 벌떡 일어난 셋째가 내게 주먹을 휘둘렀다. 쪽팔렸던 거다. 나는 졸지에 형제와 맞붙어 골육상쟁을 해야 했다. 도구가 없는 난 일방적으로 맞다가 으앙 울어버렸다.

집에 돌아와 칼국수 방망이를 찾는 막내 깡패를 보고 첫째 깡패가 물었다. 자초지종을 들은 첫째 깡패는 가문의 명예(?)를 더럽힌 셋째 똘마니를 죽여버리겠다고 했다. 그날 똘마니는 해거름에 집 주위를 배회하다 붙들려 알맞게 맞았다. 선빵을 할 땐 코피를 터트리는 게 관건이란 강의가 한밤중에 있었다.

문예반장이 되면서 나는 학급문고에서 살았다. 운동장에서 셋째 깡패가 누구와 싸우든 관심이 없어졌다. 한국단편문학전집을 초등학생 때 다 읽었다. 그때 부모들이 짜증스럽게 집에서 뒹굴던 어른들의 책을 기증했는데 내게 신세계였다. 독후감으로 이호철의 「닳아지는 살들」과 이범선의 「오발탄」을 써냈다. 선생님이 의심쩍게 바라보다 말의 선빵을 날렸다.

"누가 써준 거냐?"

「닳아지는 살들」이나 「오발탄」, 최인훈의 「웃음소리」는 청각 소설이었다. 책을 읽고 혼자 해가 지는 운동장을 가로지를 때 귀에서 소리가 들렸다. '가자!' 절규이거나 살아 끝날 것 같지 않은 규칙적인 굉음이었다. 그때 나는 인생을 선빵당한 느낌이었다. 책을 읽다가 문득 누군가에게 '사랑해' 선빵을 날리고 싶어졌다. 햇살이 삶에 지친 그림자를 끌며 지나가지 않는가! 맞고 기절하든지 말든지.

나의
최숙자 선생님

초등학교 전학을 네 번 했다. 서울에서 소사읍 심곡리를 거쳐 범박리, 계수리, 소래포구까지 기어 들어가는 행보였다. 아버지가 자신을 스스로 간호하는 방법은 소주와 뇌신이었다. 약국을 찾아 뇌신을 사러 다니는 건 내 몫이었다.

돌아가실 때 알게 된 병명은 뇌종양이었지만 일곱 자식과 병든 남편을 등에 짊어진 엄마에겐 가혹한 일이었다. 내 위로 언니와 오빠를 병으로 잃고 남은 다섯 자식을 교육시키는 건 오롯이 엄마의 몫이었다. 엄마의 희망은 나와 11살 터울의 큰언니였다. 어떻게든 큰애를 공부시키면 동생도 공부를 시킬 수 있다는 계산이었을 것이다.

큰애가 둘째를 공부시키고 둘째가 셋째를 공부시키고

셋째가 넷째를 공부시키는 건 나름 현명한 셈법이었지만 어긋나고 말았다. 여고를 졸업하자마자 언니가 도망을 가버렸다. 내가 초등학교 4학년 때의 일이었다. 언니의 계산법으로는 도저히 답이 안 나왔을 것이다. 자신을 사랑하는 남자를 만나 팔자를 고치겠다는 신데렐라식 계산을 했지만, 가난에서 또 다른 가난으로 이사하는 수평 이동에 불과했다.

분개한 엄마는 딸자식을 잉여 자식으로 분류했고 그 불똥이 내게 떨어지고 말았다. 초등학교 6학년 때 교과서 대금을 주지 않더니 급기야 학교를 그만두고 공장에서 돈을 벌어오라는 거였다. 엄마는 내 손을 끌고 제과 공장으로 데리고 갔다.

6학년 때 담임 선생님이 집으로 찾아와서 양녀로 입양하겠다고, 저 아이를 내가 키우겠다고 엄마와 드잡이를 했다. 공사판에서 자갈을 나르는 일도 마다하지 않던 억센 엄마와 50년을 노처녀로 살아온 고집 센 선생님의 한판 대결에 동네가 시끄러웠다.

12살 여자아이의 공장은 밤 11시도 불사하는 가혹한 곳이었다. 비가 오는 날이면 우산도 없이 처마 밑에서 비가 그치기를 기다렸는데 사는 게 억울했다. 그때 내가 처마 밑에서 억울함으로 떠올렸던 생각이 나중에 보니 엥겔스의 대정부 질문에 있던 내용들이었다.

'노동할 수 있는 최소 연령은 몇 세부터인가!'

나를 양녀로 들이려 했던 계획이 실패하자 선생님은 공장에 찾아오시거나 공휴일에 나를 불러 학습 계획을 세우고 검정고시 공부를 시켰다. 엄마에겐 비밀이었다. 희망을 걸었던 아들 셋이 뛰어나지를 못하니 엄마의 신경은 극도로 피폐해져 딸년이 책을 본다는 사실만으로 허파를 뒤집곤 했다.

내겐 인천 소래포구의 언덕이 있다. 협궤열차 안에서 새우젓 장사를 시작한 엄마를 기다렸던 건지 수원이 집이었던 선생님을 기다렸던 건지… 누군지 그 무엇이었는지 모르겠지만 기다렸다. 어쨌든 그 언덕에서 나는 스칼렛 오하라처럼 다시는 굶지 않겠다고 결심했고, 엄마는 나를 돌볼 사람이 아니고 내가 돌봐야 할 사람이라고 생각했다.

절망하지 않겠다는 다짐은 나를 억척스럽게 했는데, 선생님의 희망대로 잘(?) 자랐지만 사법고시를 공부하기 바라신 그분의 생각과 내 생각은 좀 달랐다. 나는 구전동화처럼 늪 속에 빠진 아이가 스스로 제 머리를 잡아당겨 구출하는 방식이어서 돈도 벌고 학업도 계속해야 했기 때문에 시간을 초 단위로 쪼개며 살아야 했다.

엄마는 지금 수십 년을 함께 살면서 내게 잔소리를 퍼부으며 편안하시다. 선생님은 수년 전 지병으로 돌아가셨고 상속 없는 상주 역할이 나는 행복했다.

'다음에 태어날 때 선생님 딸로 태어나죠, 뭐. 그때는 원하시던 판사도 되어볼게요. 최숙자 선생님, 아니 엄마.'

잠자는 미녀의
반란

오랜만에 소설을 읽고 산책을 했다. 공원 호수 주변을 돌다가 벤치에 앉았다. 바람이 불자 나뭇잎이 대답하고 물결이 흔들렸다. 남자 노인 두 사람이 내 앞을 지나갔다. 소설, 노인, 물결, 그리고 절벽 위의 집. 문득 가와바타 야스나리의 『잠자는 미녀』가 생각났다.

　언제부턴가 내 기억을 믿지 못하겠다. 심지어 내가 읽은 소설을 다른 소설과 접목하는 일도 있었다.

　여고 시절, 가와바타 야스나리의 소설을 모두 읽었다. 국어 시간에 무슨 일로 결근한 국어 대신 수학 선생이 들어왔다. 그는 국어 수업을 어떻게 해야 할지 잘 모르는 것 같았다. 그날 나는 최악의 경험을 해야 했다. 그는 문학과

거리가 먼 인간이었다. 여학생들의 머리를 출석부로 찍고 따귀를 때렸다.

나는 조금 긴장했는데 그가 나를 불러 세웠다. 앞에 나와서 요즘 읽은 소설을 얘기하라고 했다. 나는 「설국」과 「잠자는 미녀」가 함께 수록된 책을 읽었던 참이었다. 수학 선생은 가와바타 야스나리를 몰랐다. 나는 그때 왜 선생들은 모든 것을 알고 있다고 착각했을까?

나는 그날 「잠자는 미녀」를 얘기하고 교무실에 끌려가 따귀를 맞았다. 내가 어떻게 설명했는지 기억이 나지 않는다. 남자의 기능을 잃은 노인들이 드나드는 절벽 위의 비밀 유곽에 '잠자는 미녀'들이 있다. 여자들은 옷을 벗은 채 수면제를 먹고 잠이 드는데, 그 옆에 누워 힘없는 남자 노인들이 같이 잠을 자는 내용이었다. 절벽이라는 막다른 공간 설정과 죽음 앞에 선 노인들의 회상을 얘기한 걸로 기억한다. 잠에서 깨면 여자들은 노인들을 기억하지 못한다.

문제는 내가 기억하는 마지막 장면이었다. 주인공인 노인 에구치가 어떤 흔적도 남기면 안 되는 잠자는 미녀의 목에 깊은 키스를 한다. 난 사라져가는 노인이 자기 존재를 증명하려 키스의 흔적, 즉 키스 마크를 남겼을 거라고 추측했다. 그런데 그 생각을 사실로 믿어버렸다. 젊은 아가씨가 아침에 혼자 깨어났을 때 목에 든 멍을 보고 놀라는 장면을 만들어 넣었다. 이야기에 몰입한 나머지 나는 거의 독백 수준으로 말했고 듣는 대상을 생각하지 않았다.

"네가 키스 마크를 어떻게 알아?"

수학 선생이 뱀 같은 눈으로 물었다. 나는 귀를 잡힌 채 교무실에 끌려가 따귀를 맞았다. 벌써 음란소설을 읽는다는 죄목이었다.

"발랑 까져가지고!"

어떤 변명도 하지 않았다.

상황이 종료된 후 다른 선생이 수학에게 설명했다.

"가와바타 야스나리는 노벨상 수상 작가이고 그 소설은 양서입니다."

수학은 씩씩거리며 말했다.

"나도 알아요!"

아니, 수학은 그게 왜 양서냐고 다른 선생과 말다툼을 했던 것 같다. 나의 훈육에 끼어들지 말라고 했던가?

기억이 다시 꼬이기 시작한다. 나는 나를 믿지 못하겠다.

바람이 소슬해졌다. 집에 가면 오늘 읽은 소설의 독후감을 써야겠다. 기억이 나의 뺨을 때리기 전에.

밀양 박씨와
김해 김씨

자다가 깨서 적외선으로 찍은 나사NASA의 죽어가는 별 사진을 보고 있다. 빛의 속도로 2000년 거리에 있는 별이니 이미 죽었을지도 모른다.

어린 시절 먼 친척의 집에서 갓을 쓴 조부의 사진을 본 적이 있다. 누렇게 바랜 사진 속에서 수염을 기른 그는 무표정한 얼굴을 하고 있었다. 현실감이 없는 사진이었다.

나의 아버지도 부친에 대한 기억이 없었다. 아주 어렸을 때 만주로 떠나 객사했을 거란 말을 들었다. 그러니 그는 내게 2000광년의 별자리 사진보다 멀었다. 돌아가신 할머니는 시집살이에 이를 갈았는데 정작 할아버지에 대한 얘기는 없었다. 지금은 없지만 한때 존재했던 것들은 많은 상상을 부른다.

어릴 때 여름밤에 수제비를 먹고 평상에 앉아 노닥거릴 때였다. 나는 할아버지가 독립운동을 하러 갔다고 우겼다가 근거를 대라는 말을 들었다. 집안에 그런 사람이 있어야 뼈대가 서지 않겠느냐고 대꾸했다. 단칼에 너네 집안은 원래 뼈대가 없다는 소리를 들었다. 그것도 엄마에게서 말이다. 엄마는 내게 '너네 집안'이라는 충격적인 발언을 했다.

외가는 엄마에게 자부심이었다. 엄마의 밀양 박씨 집안은 대대로 양반이었으며 너네 김해 김씨는 한 수 아래라고 했다.

아버지는 어린 내게 수시로 김해 김씨 삼현파에 대한 얘기를 들려주었다. 나는 가락국 김해 김씨의 시조 김수로왕의 탄생 설화로 시작해 조목조목 족보를 따졌다. 분노한 엄마가 던진 빗자루에 나는 맨발로 줄행랑을 쳤다. 지금 생각하면 그때 엄마는 자식들에게 모계사회를 교육시켰던 것 같다. 엄마에겐 일찍 세상을 떠난 무능한 남편에, 말끝마다 시집살이에 대한 울분을 토하면서 정작 며느리에게 더한 시집살이를 시켰던 시어머니에 대한 적개심이 있었다. 아무리 어렸다지만 엄마를 이해하지 못하고 부계의 우수성(?)을 주장했으니 맞아도 쌌다. 나의 할머니도 일찍 실종된 남편 때문에 고생을 뼈 빠지게 했다고 들었다. 삶의 형태가 비슷한 두 여자가 서로를 증오했다. 여자들은 생활력이 강해서 자식을 키운 것이 아니었다. 혼자 자식들을 키우다 보니 강해진 것이었다.

사진 중에 '별들의 고향'이라는 용골자리 성운이 있었다. 지구로부터 대략 8500광년 떨어진 이 성운의 기둥은 '신비로운 산Mystic Mountain'이라고 불리는데 여기서 수많은 아기별이 태어난다고 한다. 나는 잠깐 우주에 아버지가 있을까 하는 엉뚱한 생각에 사로잡혔다.

날이 밝으면 엄마에게 전화를 해야겠다. 수술 경과도 궁금한데 딸년이 전화를 하지도 받지도 않으니 폭발 직전이리라.

엄마, 우주엔 엄마별들이 고생이 많더라고요.

남편도 없이!

엄마의 일본 이름
고봉광자

우리 엄마의 일본 이름은 '고봉광자高峰光子', '다카미네 미
츠코'다.

외할아버지는 창씨를 고봉高峰으로 개명했다. 오사카에
서 이웃이었던 아버지의 친가는 김 씨를 고수했다. 엄마는
삭발했던 아버지의 둥근 머리를 비웃으며 '다마네기 김 씨'
라고 불렀다. 그리고 더럽게 못살면서 뻣뻣했던 시집을 비
웃었는데 그것은 우리 친가도 마찬가지였다. 잘살지만 같
은 동포에게 사채놀이를 하는 외가의 천박함을 비웃었다.
두 집안이 어떻게 사돈이 되었는지 지금도 불가사의다.

할머니는 돌아가시기 전 기골이 장대한 엄마 집안과 유
전자 개량을 꾀했다고 고백했다. 한마디로 볼 것이라곤 두

텁고 튼튼한 '큰 뼈'뿐이었다고 했다. 비록 몰락했으나 유서 깊은 양반임을 강조했던 할머니는 사돈댁인 엄마 집안을 돈 주고 양반 족보를 산 상것으로 취급했다. 당연히 엄마는 분개했고 세 자매 모두 배운 여자임을 자랑해 마지않았다. 사실 고모들은 무학이었지만 이모들은 일제강점기에 중학교와 여고를 졸업했다. 엄마만이 소학교를 졸업했는데 공부를 싫어했던 것 같다.

엄마는 일본에서 잘살았다고 했지만 내가 볼 때 굶지만 않았을 뿐 거기서 거기였던 것 같다. 달밤에 기차역에 세워진 화물차에서 중국 땅콩을 훔친 얘기를 하면 나는 어이가 없었다.

"그렇게 큰 땅콩은 처음 보았는데 그걸 자루에 담아 돌아올 때 달은 얼마나 밝던지!"

그때 엄마의 땅콩 자루에 자기 것을 덜어준 굵은 쌍꺼풀의 남자가 엄마의 첫사랑이었다. 나는 형제들이 땅콩 맛을 상상할 때 이불 속에서 혼자 쿡쿡 웃었다. 내가 엄마에게 미움 받은 이유는 그것이 비웃음으로 느껴졌기 때문이었을 것이다. 잘살던 어린 시절과 첫사랑과 도둑질이 도대체 조합이 안 되었다. 사윗감은 굵은 쌍꺼풀이어야 한다고 해서 나를 종종 돌아버리게 만들었다.

엄마는 내가 일본 출장을 가면 자신의 소학교를 찾아달라고 했다. 행정 구역이 바뀌고 정확하지 않은 발음 때문에 매번 실패로 돌아갔다. 생각지도 않았던 졸업장을 찾아준 이가 MBC의 조정선 PD, 일명 '조 PD'였다. 일본의 고위공무원 출신이자 한일친선협회의 일을 하시는 기무라 선생의 공이 혁혁했다.

졸업장과 지금은 사라진 학교의 건물 사진을 보고 엄마는 잠깐 눈이 아련해졌다. 순식간에 어린 시절로 돌아간 엄마는 조 PD를 보고 싶어 했다. 사진을 보여드렸는데 눈이 크고 움푹하니 환시를 일으킨 듯 "쌍꺼풀이구나." 신음하셨다. 홑꺼풀과 결혼한 나의 양심이 조금 찔렸다. 우리 집안에서 조 PD 이야기가 나오면 엄마는 '쌍꺼풀'이라고 부른다. 엄마의 로망(?)이 현실로 이루어진 것이다. 수십 년 수절과부가 갑자기 '쌍꺼풀'에 연연하는 건 말려야 할 일이었다. (나는 새 아빠 반댈세!)

2023년 7월 3일에 일본에서 오신 기무라 선생과 조 PD 부부 등과 회동했다. 우리는 먹고 마시며 유쾌했다. 체부동 한옥 거리의 골목을 헤집었는데 엄마가 아닌 내가 과거로 돌아간 기분이었다. 헤어질 때 문득 이런 시간이 다시

올 수 있을지 눈두덩이 뜨거워졌다. 나는 모든 것을 이해할 것 같았다.

다음 날 아침에 김포 엄마에게 전화하니 잔소리가 시작되었다. 육신은 쇠락하고 성질만 남은 엄마는 선물로 시작해서 오이지로 끝냈다. 선물과 본인이 먹고 싶은 것들이 혼란을 일으켜 오이지를 선물해야 한다는 것으로 들렸다.

가을에 한국에 다시 오시면 제대로 된 선물을 하고 싶다. 살면서 나도 모르게 좋은 일을 한 적이 있나 보다. 좋은 사람들을 만나다니!

고봉광자 씨의
수사 본능

엄마는 늘 오사카의 유게 소학교를 그리워했다. 일본 출장을 갈 때마다 엄마가 말한 학교를 검색했지만 행정구역이 변경됐는지 엄마의 기억이 잘못됐는지 도대체가 오리무중이었다. 나는 매번 귀신에 홀린 기분이었는데 엄마는 분명히 유게 소학교가 존재한다고 주장했다. 엄마는 당신이 살았던 주소 '오사카부 나카가와지쿠'를 일본어로 쓸 줄 알았다.

답답한 마음에 페이스북에 포스팅을 했는데 무서운 화답이 돌아왔다. 조 PD가 일본에 연구원으로 체류했던 일본통의 실력으로 수사를 한 결과였다. '나카가와지쿠'는 동오사카東大阪 야오시八尾市 지역이며, 유게 소학교는 두음

법칙이 없는 일본에서 '류게'라는 것이었다! 한자로 용화龍華인데, 무서운 조 PD는 이름에서 불교 냄새를 맡아냈다. 7세기 일본을 이끌던 성덕태자가 지은 대성승군사大聖勝軍寺라는 절터에 세워진 학교였다.

이것으로 끝난 것이 아니었다. 엄마의 일본 이름은 '다카미네 미츠코'였는데 한문 이름을 모르겠다고 했다. 더구나 일본의 학적부에 기록된 생년월일도 한국의 주민등록과 달랐다. 무서운 조 PD는 일본의 지인을 대리인으로 앞세워 온갖 공식 루트를 통해 외국인에 대한 배타성이 높은 일본 교육청을 뚫어냈다. 학교 측은 교육위원회와 릴레이 회의 끝에 의뢰인의 요청을 들어주기로 결론내고 졸업증명서, 졸업증명대장의 복사본, 졸업앨범에 기재돼 있던 학교의 사진까지 보내주었다. 나는 어안이 벙벙했다. 내가 그에게 해준 것이라곤 책을 읽고 독후감을 쓴 것밖에 없었다.

'다카미네 미츠코'는 고봉광자高峰光子였다. 엄마의 일본 성은 고봉밥, 아니 고봉이었다. 어떤 연유로 고봉이 되었는지 모르겠지만 고봉광자 씨는 처음엔 몹시 기뻐하다가 갑자기 첫사랑을 꺼내드는 욕심을 부렸다. 한 반 친구의 큰오빠가 훗날 사각모를 쓴 대학생이 되었는데 어디 사는지… 하며 한숨을 내쉬었다. "엄마, 그 쌍꺼풀, 죽어도 옛날에 죽었을걸?" 했다가 처참한 보복을 당했다.

"어떤 남자가 아무 관계도 아닌 여자를 위해 일본까지 가서 졸업증서를 떼어온단 말이냐!"

드디어 시작이었다.

어떻게 만났느냐? – 페이스북 친구다.

페이스북이 뭐냐? – 인터넷이다.

인터넷이 뭐냐? – 내가 컴퓨터 하는 거 보지 않았느냐, 바로 그 컴퓨터가 인터넷이다.

만났느냐? – 만난 적 없다. 바빠서 누구도 만날 틈 없는 거 알지 않느냐.

고봉광자 씨는 일단 후퇴를 했다가 다시 수사망을 좁혀 왔다. 고기를 굽느라 땀을 뻘뻘 흘리는데 "잘생겼냐?" 허를 찔렀다. 무심결에 "응." 했다가 난리가 났다.

"만났으면서 에미한테 거짓말을 하다니!"

사진으로 보니까 잘생겼더라고 방어했다.

엄마의 수사 본능은 치밀해서 돌아가신 아버지도 탈탈 털리며 살았다. 무방비 상태일 때 갑자기 허를 찔러서 피를 철철 흘리게 했다. 거짓말로 판명되면 밤새도록 들들

볶아서 아침이면 모두 눈이 퀭했다. 지금 또 그 일이 반복되고 있었다.

그러나 그동안의 취조 경험에 의하면 엄마가 안심하는 부분이 있었다. 남자의 나이가 나보다 연하이면 엄마는 그냥 넘어갔다. 엄마 세대에 분명 연하와 결혼한 여인들도 있었으련만 엄마에게 연하는 남자가 아니었다. 엄마는 모계사회 특유의 여성 우위 인식이 있었는데 여자는 남자보다 정신연령이 높다는 것이었다. 나도 엄마에게 전염되어 나보다 한 학년 아래 남학생이 접근해도 '시동생 핏덩어리'라고 불렀다.

아, 나는 단번에 이 수사를 끝냈다.

"조 PD, 나보다 연하야!"

그래도 엄마는 아쉬웠던지 쌍꺼풀을 또 꺼내들었다. 쌍꺼풀 남자들이 순하고 남의 일도 잘해주고 다정하다고 했다.

나는 조 PD를 만난 적이 없다. 그러나 오늘 우리 집에서 조 PD는 쌍꺼풀이 있는 순둥이로 기록되었다. 엄마의 첫사랑이 조 PD로 환생한 것이다. 페이스북 사진을 다시 보니 쌍꺼풀이 있긴 했다. 우리 모두 잘생긴 조 PD를 찬양하며 감사했다.

가수 김수희와 같이 공연한 동영상을 엄마에게 보여주

려다 말았다. 내가 아무 남자나 만나면 치도곤을 당하듯이 조 PD도 '헤픈 남자'로 공격받을 것 같았다. 엄마는 어린 날의 추억을 더듬으며 다시 그 시절로 돌아갔다.

"사쿠라 ~ 사쿠라~ 노야 마모 사토모~"

나는 이 노래가 왜 무섭게 들리는지 모르겠다. 여름이었다!

옛 추억을 선물받은 엄마에게 쌍꺼풀은 대체 어떤 의미일까?

하느님의
황금 배낭

나는 운이 좋은 편이었다. 시골에서 보낸 어린 시절, 나를 눈여겨본 선생님 덕에 학교 도서관의 자물쇠를 담당하게 되었다. 말이 도서관이지 빈 교실 하나를 책으로 채워 넣은 곳이었다. 빈 책장을 채우기 위해 아이들은 의무적으로 집에서 책을 가져와야 했는데 서가 정리를 선생님과 내가 맡았다. 아이들이 읽기에 곤란한 19금의 『채털리 부인의 사랑』과 에로물에 가까운 무협지도 있었고, 재수 좋은 달은 이가 빠진 한국문학전집이나 세계문학전집류가 들어오기도 했다.

수업이 끝나면 아무도 없는 도서관을 열어 책을 읽었다. 독서 지도 따위가 있을 리 만무해서 나는 닥치는 대로 책을 섭렵했다. 집으로 돌아가는 길, 빈 운동장을 가로지르며 플라타너스 나무 위로 해가 지는 풍경 속에 생각이 깊어졌다. 나는 거의 말을 하지 않는 과묵한 아이가 되어 있었다.

어쨌든 나의 독서는 체계적이지 않아서 초등학생 때 한국 단편과 장편, 세계의 고전을 거의 통독했지만 다 이해한 것은 아니었다. 예를 들면 선우휘의 「불꽃」 속에서 주인공의 엄마가 바늘로 허벅지를 찌르는데 아들이 후에 탈영병이 되어 대검으로 자기 허벅지를 찌르며 엄마를 이해하는 장면이 나온다. 그 장면을 또 커서 이해하는 시간차 공격(?)의 독서 방식이었던 거다.

그러니까 어릴 적 나의 독서는 하느님의 '황금 배낭' 같은 것이었다. 하느님은 길을 떠나는 이들에게 돌이 든 배낭을 공평하게 나눠주는데 끝까지 들고 간 사람은 배낭 속의 돌이 황금이 되어 있더라, 뭐 그런 식.

성장하면서 나름 체계적인 독서 방법을 익히기 시작했다. 한 작가에게 흥미가 생기면 그가 쓴 책을 다 읽어버리는 것이었다. 이 방법은 상당히 유효해서, 지문만 보아도 누구의 문체인지 알 수 있을 뿐만 아니라 그가 왜 이 무렵 이런 작품을 썼는지 이해할 수 있었다. 이런 내게 내 친구

는 '너한테 걸리면 죽음'이라고 표현해서 내 가슴을 찢어
놨다.

감정의 낭비가 심한 독서에 식상한 이후 루스 베네딕트
나 레비스트로스의 책에 심취했다. 이는 대학에 가면 문화
인류학을 전공하리라 결심하게 된 배경이기도 했다. 독일
에서 공짜 공부를 하리라 결심하고 독일문화원도 열심히
다녔는데 엄마의 눈물 바람에 결국 이루지 못했다. 그 후
나의 독서는 호오의 장르 구분이 아니라 닥치는 대로, 손에
잡히는 대로, 활자화되어 있으면 일단 읽어보는 것이었다.

어느 날부터 내 눈길은 문학계 주변을 서성이는 마이너
의 글에 꽂혔다. 알려지지 않은 작가의 글을 읽는 건 상당
한 흥미를 끌었다. 초기 글을 보고 관심을 갖게 되면 지속
적으로 관찰하는 식이었는데, 소설가 황정은의 경우 마치
내가 키웠다는 착각이 들 지경이었다.

결혼을 하고 신혼집에 살림이 들어오는 것을 구경하던
시가 식구들은 책 박스가 들어오는 것을 보고 한숨을 쉬며
불만을 털어놓기 시작했다. 그때 나는 신데렐라가 틀림없
이 소박을 맞았으리란 확신을 했다. 자정이 되면 냉장고가
호박으로, 에어컨은 토마토로, 장롱은 양파로 변했으니 재
정난에 허덕이던 왕자 눈에 사기 결혼으로 보였을 것이다.

김 여사 해탈기

연애 운이 없었다. 내가 만난 남자들은 내 시간을 자기 것으로 생각했는데 그건 안 될 말이었다. 나를 만난 그들도 재수가 없었던 거다.

조신하게 지내던 추석 아침, 이대로 늙어 죽으라는 덕담을 들으며 동태전을 먹는 내게 고모는 그게 목구멍에 넘어가느냐고 소리를 질렀는데… 넘어갔다.

오랜 자취로 약간의 영양실조였던 나는 주방에서 영양 보충을 하고 있었다. 집안 언니가 식탁 의자에 앉더니 조심스럽게 말을 꺼냈다. 남자는 유수의 대학과 굴지의 대학원을 나온 수재이며 대학에서 강의하는 공학자인데 재산도 많고 집안도 훌륭하다고 했다. 나는 언니가 그쪽 집안에 나에 대하여 어떤 거짓말을 했을지도 궁금해졌다. 송편을 씹다가 약간의 고민 끝에 만나보겠다고 했고, 허락을 받은 언니가 거실로 가더니 "됐어요!" 소리를 질렀다.

남자를 만났다. 머리를 맞대고 잘못된 정보를 수정했는데 상당 부분이 오류였다. 카이스트를 졸업했으나 시간 강사였고 돈도 없었다. 무색, 무취, 무미, 무향으로 내가 알던 어떤 사람과도 달랐다.

당시 나는 연애에 목숨을 걸었다는 남자의 광기로 학을 떼고 난 후라, 자기주장이 강한 남자라면 경기를 일으키던 참이었다. 그는 엄마가 가보라고 해서 나왔다는 모범생이었다. 부모님이, 선생님이, 시키는 대로 공부만 해서 자기 의견이 없다는 것이 흥미를 끌었다. 내가 '시키는 대로' 말을 잘 들을 것 같았다. 열정도 없고 그놈의 광기도 없었지만 남자가 '양자 역학 이론'을 설명하면 재미있었다.

결혼은 어른들의 진행으로 만난 지 한 달 만에 날이 잡혔다. 어어, 홍수에 떠내려가는 기분이었다. 희미하게 불길한 생각이 들었지만 결혼과 자동차는 운이라는 오빠 말에 킥킥 웃다가 잊어버렸다.

남자는 수시로 내게 공학 이론을 들이댔는데, 벽에 망치질을 요청하면 '무게 중심 이론'에 따라 집이 무너질 수 있다고 신중한 자세를 취했다. 나는 두말하지 않고 망치질을 해서 액자를 걸었다. 보일러가 고장이 나자 남자는 '압력과 공기 조절의 상관 이론'을 들이밀며 전문가의 영역이라고 했다. 나는 코드를 빼서 다시 꽂았고 보일러는 잘 가동되었다. 친구의 벤처기업에 합류했다가 풀이 죽어 들어온 날 경제권을 박탈했다. 순순히 통장을 내놓았는데 내심 기뻐하는 눈치였다. 마이너스의 손이었다.

잦은 실패의 여파였는지 사회가 자신과 맞지 않는 것 같다고 중얼중얼 사회 부적응을 토로해서 무엇을 하고 싶은지 물었다. 50세가 되면 호젓한 산사에 들어가 도를 닦겠다고 했다. 언제든 괜찮다고 진심으로 말해주었다. 기대하지 않았으니 실망할 것도 없었다.

국토종합개발계획도와 코팅된 지도 몇 장을 사서 주방에 걸었다. 식탁에 형광펜을 색색으로 올려두고 요리를 하다가도 수시로 선을 그었다. 선을 긋다가 점이 되는 곳의 로드맵을 분석했다. 남자는 내가 지리 공부를 한다고 생각했는지 『고산자, 대동여지도』란 책을 사 와서 나를 웃겨주었다. 선량한 사람이었다.

찍은 점들이 적중하면서 은행 잔고가 늘었고 은행 지점

장이 유치를 위해 인사를 하러 왔다. 그의 서재에 공학 관련 책이 아닌, 오쇼 라즈니쉬 류의 명상 관련 책들이 늘어나는 것을 보고 출가를 해도 좋다고 선선하게 말했다. 스님이 '시키는 대로' 하면 충분히 득도하고 남을 사람이었다. 원한다면 절도 지어주겠다고 진지하게 말했다.

나는 산을 그렸고 연필로 산 모가지를 댕강 잘라 꼭대기를 종교 시설로 용도 변경하면 관청에서 길을 내어줄 것이니 위 절은 본사로 쓰고 아래 절은 말사로 쓰라고 선심을 썼다.

"그럼 자기는?"

남자는 나까지 비구니로 만들 작정인 듯했다. 속가의 살림을 늘리는 데 충실했던 나는 출가의 의지가 손톱만큼도 없었다.

"돈 많은 노인 불자들 수행자를 모집해서 요사채를 써야지. 수입이 괜찮을 거 같아."

의심쩍은 눈초리로 나를 보던 남자는 출가 대신 집 안에서 고행을 시작했다. 잦은 걸레질로 거실은 빤질빤질했고 음식물이나 재활용이 쌓일 틈이 없었다. 퇴근하면 현관의 신발이 가지런했다. 내가 감탄하면 눈이 반짝거렸다. 남자는 칭찬받는 모범생으로 과거의 영화를 되찾은 듯했다.

칭찬한 적이 없었다는 기억에 마음이 불편해지기 시작했다. 남자 대신 내가 해탈했다. 드디어 '엄마'가 된 것이다!

슬기로운
언어 생활

나의 엄마는 혼자 생계를 짊어지고 모진 세상을 억세게 살았다. 그녀의 해방구는 욕설이었는데 노점상을 하거나 보따리 장사를 할 때도 손님과 싸움이 붙으면 거나한 욕설로 상대방의 기선을 제압했다. 욕설의 내용을 보면 우선 상대방의 집안을 바닥으로 끌어내렸다. 이를테면 조상을 쌍놈이나 후레자식으로 만들어 가문에 먹칠을 했다. 그다음 인체의 신비를 이용해 구석구석 세심하게 기운을 뺐다. 쌔가 만발하고 눈까리가 썩어 문드러지며 대가리를 절구에 빻는 것이었다. 최종적으로 동반자살을 노래하는 것이었는데 '오늘 너 죽고 나 죽자'였다.

엄마의 고향은 부산이지만 경기도에서 오래 살아 욕설

도 경상도와 표준어의 경계를 마음껏 넘나들었다. 경상도 특유의 경음화 현상은 욕설을 더욱 풍요롭게 했다. 낮바닥 껍데기를 벗겨(?)버린다고 손톱을 세워 달려드니 어떤 여염집 여인이 당하겠는가!

나는 유년기와 아동기를 욕설의 세례로 풍요롭게 자랐다. 물론 내가 학습받은 내용을 전파하는 것도 잊지 않았다. 초등학교 1학년이 반 친구와 자지러지는 입씨름을 할 때 어른의 욕설을 능숙하게 사용하니 담임 선생님은 내 현란한 비속어에 기함을 했다.

"네년을 낳고 네 에미가 먹은 미역국이 아깝고나!"

내 욕설을 듣던 담임 선생님도 그만 전염되어 '그 혀를 뽑아버리겠다'고 소리를 질렀다. 나와 다툰 여자아이들은 다 책상에 엎드려 통곡을 했다. 물론 남자아이들도 온전할 수는 없었다. 오빠들의 육탄전과 욕설을 매일 보고 들은지라 온갖 동물과 신체 부위의 새끼들을 다 들먹였다. 창의력이 만발했던 나는 새로운 비속어를 창조해내기도 했다. 같이 나무를 타다 나를 툭 쳐서 앞길을 방해하면 나무 위에서 만나 욕설을 퍼부었다.

"야이, 존만아!"

전학을 자주 다니니 가는 곳마다 기싸움이 있었다. 못사는 티가 줄줄 흐르니 만만하게 보는 것들이 꼭 있었고 응징하지 않을 수 없었다. 전학 오자마자 짝꿍의 멱살을 잡는 나를 선생들은 포기의 눈빛으로 바라보았다. 그러다 꼬마 깡패의 시험 성적이 상위를 보이자 구원될 영혼이라고 생각한 것 같았다.

초등학교 3학년 담임은 내 영구 머리를 어루만지며 최면을 걸었다. 너는 이 나라를 짊어질 인재로 우리나라를 쌍놈의 나라로 만들면 안 된다는 요지였다. 방언 터지듯 입에서 나오는 욕설과 달리 나는 아름다운 문장을 좋아했다. 『빨강머리 앤』 끝줄의 '하느님은 하늘에 계시고 세상은 평화롭도다.'가 마음에 들었다. 나는 연필에 침을 묻혀가며 독후감을 썼는데 읽어본 선생님이 눈물을 글썽거렸다. '돌아온 탕아' 보듯 반색했고 '수렁에서 건진 내 딸' 보듯 예뻐했다.

16살부터 엄마와 형제들에게서 떨어져 10여 년을 자취생활하면서 나의 언어 세계는 완전히 달라졌다. 내가 입에 올릴 단어 선택에 신중했고 아름다운 문장에 심취했다. 가끔 집에 가서 다시 욕의 세례를 받았지만 내 영혼의 털끝 하나도 건드릴 수 없었다.

하, 그런데 내 아들의 베이비시터를 엄마가 자처했다. 거절했다가 집안이 뒤집어지는 참사가 있었던지라 어쩔 수 없이 맡기게 되었다. 아이 교육을 위해서 절대 욕을 하면 안 된다고 단단히 언질을 주었다. 그러나 그것은 헛짓이었다.

어린이집에서 연락이 왔다. 여자아이들에게 B군이 "야, 이 미친년들아!"를 시전한 것이다. 나는 그날 햄버거를 뜯어먹는 B군에게 왜 욕을 하면 안 되는지 눈물로 설명을 했다. 그날 B군이 내게 한 말은 이것이었다.

"내가 욕을 하면 엄마가 슬프구나. 근데 할머니는 내가 욕을 하면 막 웃거든!"

밤새도록 고민을 하다 윈윈전략의 딜을 했다. 엄마는 애를 안 봐줘도 보수를 그대로 받는 것에 만족했다. 덕분에 우리 집안은 우아해졌다.

성장한 아들들과 독서토론을 할 때 각자의 주장을 펼친다. 그러나 상대의 의견을 존중하지 않을 때 나도 모르게 어린 시절의 내가 튀어나온다.

"싸가지 없는 새꺄!"

그래도 Happy Together!

내 뒤엔
지구대가 있었다

두 아들의 교육에 혼신의 힘을 기울였는데 먼 훗날 나의 엄마는 지적이며 우아하고 품위 있는 분이셨다고 회고하기를 앙망했다. 생각만 해도 눈물이 핑 도는 감동이어서 가끔 흐느껴 울기까지 했다. 어른 남자야 호르몬이 감소하면 재수없어지고, 철자법이 틀리거나 이빨에 고춧가루가 끼는 아주 사소한 이유로도 오만 정이 떨어지지만, 새끼 남자라는 것은 뭔 짓을 해도 마냥 귀엽고 질리지 않았다. 살면서 이렇게 매력적인 짐승(?)은 처음이었다.

새끼 남자들이 점점 성장하면서 나의 인식을 수정하는 일들이 발생했다. 특히 B군은 형 A군을 타도하려는 음모를 드러내며 강력한 제재를 받았다. B군은 아기 때부터 형을 모함했고, 기득권을 지키려는 A군의 방어도 만만치 않았다. 순식간에 후다닥 붙는 두 놈을 나는 솥뚜껑 같은 손바닥으로 후려치곤 했다.

초등학생 때까지는 그럭저럭 나의 완력이 통했다. 비폭력주의를 천명하지만 짐승에 관한 한 그럴 수 없노라 선언했다. 중학생 때까지 열세였던 B군이 농구를 하면서 키와 덩치가 A군을 추월했다. 조용히 앉아 있던 두 놈이 갑자기 후다닥 붙으면 나는 소파에서 날아올랐다. 우아하게 책을 보던 그녀는 사라지고 욕설과 산발 머리로 순식간에 시장통 아줌마가 되었다. 갈수록 나의 입담은 거칠어져서 학식과 지성은 가출하고 말았다.

두 새끼 남자 키가 180을 넘어가면서 문제가 발생했다. 160의 내가 아무리 폴짝거려도 한 놈이 손을 뻗어 밀치면 나는 팔다리만 버둥거렸다. 개전의 정이 엿보이지 않아 어느 날 112를 눌렀다. 경찰차가 왔다. 물론 동네 지구대 차였다. 순식간에 훈육임을 알아본 경찰 아저씨가 수갑을 흔들었다. 에… 존속 상해죄와 폭행 뭐 기타 등등 내가 들어도 말도 안 되는 죄목을 읊었다.

겁이 많은 A군이 눈물을 글썽였다. 동생 B군의 싸가지

없음을 단번에 알아챈 경찰은 B군의 손목에 수갑을 채우겠다고 했다. 상황이 불리하자 B군이 다시는 이런 일이 없도록 하겠노라 입술에 침을 발랐다. 약조를 단단히 받은 경찰 아저씨가 내게 눈을 찡긋하고 돌아갔다.

한동안 조용하더니 두 짐승이 또 거실에서 붙었다. 내가 휴대폰을 꺼내자 두 놈이 동시에 달려들었다. 둘이 싸우다가 졸지에 엄마 휴대폰 뺏기 놀이가 되었는데 이놈을 잡으면 전화기가 저놈에게 날아갔다. 지구대 경찰 아저씨들은 두어 번 더 방문하셨고 우리의 우정(?)도 돈독해졌다. 순찰 중에 마주치면 창문을 내리고 같이 수다를 떨었다. 나의 커리어를 위해 힘써주셔서 나는 무슨 분과위원회 위원도 되었다가 무슨 어머니회 일원도 되었다가 정신없이 바빴다. 나는 지역 사회 치안에 힘썼노라 말했지만 내 직장 동료들은 호구 잡혔다고 했다.

나는 짐승들을 키우면서 깡패가 되었다. 입담이 걸쭉해지고 웬만한 폭력에 맞장 뜰 자세를 갖췄다. 내 뒤에는 경찰 지구대가 있었다.

두 놈의 독서를 지도하다가 엄마 깡패는 헤세의 『데미안』으로 머리통을 후려치고 단테의 『신곡』을 집어던졌다. 미적분을 같이 풀면서 샤프펜슬로 손등을 찍어버리겠다고 협박했다. 그리하여 두 새끼 짐승은 청년 짐승이 되어 원하는 대학, 원하는 학과로 진학했다. 대학생이 되면서 둘은 더 이상 육박전을 하지 않았다. 대신 세상천지 저 혼자 큰 것처럼 거만하게 굴었다.

오전에 보고서를 검토하는데 B군에게서 전화가 왔다. 임상실험을 한다고 연구실에 처박혀 있던 B군이 용돈이 생겼다고 책을 사주겠다고 했다.

"유발 하라리 신간 나왔던데 사줄까?"

'싸가지 없는 새끼. 사줄까가 뭐냐?' 하려다 꾹 참고 우아하게 말했다.

"『초예측』은 봤단다. 그 책 여러 학자와 공저더구나."

"그래? 나 에어팟 하나 살 건데 쓰던 거 엄마 줄까?"

"두 개 다 너 써, 새꺄!"

다른 지구대로 발령 난 경찰 아저씨가 보고 싶다!

B군의
고군분투 성장기

아들 B군은 태몽부터 남달랐다. 엄청나게 큰 붉은 잉어가 물 위를 뛰어오르는 꿈이었다. 태어나던 시각, 천둥과 비가 몰아치더니 언제 그랬냐는 듯 맑게 개었다.

B군이 천재의 기미를 보이면서 나는 야심찬 계획을 세웠다. 그는 하나를 가르치면 열을 알았다. 돌도 되기 전에 내 기대에 부응하듯 할머니가 생선을 발라주면 혀를 돌려 가시를 확인하는 치밀함을 보였고 형 A군을 견제하는 음모도 꾸밀 줄 알았다. 성악설의 진수를 보였다!

어수룩한 형은 아기 동생의 계략에 말려 퍽 하면 울어댔다. 어른들이 보는 데서 열심히 나무 모형을 쌓아 놓고 눈을 돌리면 스스로 허물고 슬피 울었다. 놀라서 왜 그러냐고 물으면 형에게 손가락질을 했다. 난데없이 어른들에게 꾸중을 듣는 형은 억울함에 등걸레질을 하면서 울었지만 B군의 간계를 당할 수 없었다.

그런 B군이 드디어 사회화 훈련을 위하여 유치원에 들어갔다. 친구들과 관계도 원만하며 똑똑하다는 선생들의 칭찬도 들었다. 공개수업 학부모 참석 요청으로 휴가를 내고 수업을 참관했다. '아기는 어떻게 태어나는가!' 수많은 아기씨가 헤엄을 쳐서 그중 한 놈만 경쟁에 성공하여 아기를 만드는 영상물이었는데 갑자기 감동을 받은 B군이 벌떡 일어났다.

"나는 어른이 되면 내 아기씨를 모든 여자에게 뿌릴 테다!"

말릴 사이도 없었다. B군의 옆에 앉아 있던 남자아이가 울음을 터트렸다.

"다른 남자들은 어떻게 해! 엉엉!"

그러자 B군은 눈을 부라리며 "해보시든가!" 소리를 질렀다. 웃음소리, 혀를 차는 소리와 동시에 엄마들이 내게 눈길을 보냈다. 나는 내 교육에 어떤 문제가 있었는지 머리를 쥐어뜯고 싶었다. 선생님들이 우는 아이들을 달래고 B군에게 그것은 나쁜 생각이라고 주의를 주었다.

집에 돌아와 그것은 사람이 할 짓이 아니며 짐승들이 하는 짓이라고 했다.

"왜?"

B군 특유의 질문이 시작되었다. B군은 질문을 시작하면 끝장을 보기 때문에 어른이 되면 안다는 대답은 금물이었다. 아기는 사랑하는 사람과 결혼을 해서 부인과 의논하고 갖는 것이라고 했다.

"왜?"

그놈의 '왜'는 계속 이어졌고 나는 피곤해져서 오늘은 여기까지, 내일 다시 얘기하자고 했다.

그런데 얘기할 필요가 없어졌다. 다음 날 B군 마음이 변했다. 제일 예쁘고 똑똑한 여자한테만 아기씨를 뿌릴 거라고 했다. 힘 좋고 덩치 좋은 여자아이한테 음악 시간에 탬버린으로 두들겨 맞았다는 것이다. 다시 시비를 걸었지만 바닥에 깔려 더 맞았다고 했다. 여자아이한테 실컷 두들겨 맞은 B군은 아기씨를 뿌리다가 죽을 수도 있다고 깨달은 것이다.

B군은 초등학생 때부터 클래식 기타를 배웠다. 기타 강사가 집에 와서 가르쳤고 절대음감을 갖고 있으니 음대를 보내라는 권유도 받았다. B군은 기타 독주회도 했고 나름

유명했지만 중학교에 가서는 아무도 B군이 클래식 기타를 연주한다는 것을 모를 만큼 과묵했다.

기타를 가르친 것을 뼈저리게 후회하는 날이 왔다. B군의 학교는 남녀 공학이었는데 장기자랑 시간에 기타를 들고 가서는 담임과 여자애들을 모두 혼절시켜버렸다. 현란한 핑거링 스타일로 「금지된 장난」과 「알함브라 궁전의 추억」에 앙코르를 받아 「그린 슬리브」와 쇼팽의 「녹턴」까지 연주했다. 그날부터 집에 여자애들이 몰려왔다. 담임은 불난 데 휘발유까지 뿌렸다. 전교생을 모아놓고 연주회를 갖게 해서 학년을 가리지 않고 선물과 편지 공세를 받게 했다. B군은 꽃다발을 주는 것이 아니라 꽃다발을 받았다. 그러니 공부가 되겠는가!

B군은 아침저녁으로 샤워를 하면서 내 향수를 공용으로 썼다. 패션에 신경을 쓰느라 옷과 신발도 사들였다. 고등학교에 입학하면서 가정교사를 집으로 불러 강행군을 시작했다. B군의 성적이 생각보다 저조해도 찰진 격려를 했다.

"공부의 목적은 인격의 함양이지. 암, 그렇고말고! 다음에 잘하면 되지."

그렇게 말하고 방에 들어가 이불을 뒤집어쓰고 악을 썼다.

"하늘에서 돈이 떨어지는 줄 아냐, 불성실하고 무책임한 새꺄! 엉? 엉?"

욕을 실컷 하고 나면 마음이 가뿐했다.

이번에도 각성의 기회는 외부에서 왔다. 일진 여고생에게 걸린 것이다. 자기 마음을 받아주지 않은 B군에게 복수를 다짐한 일진 그녀는 B군을 불러내 정강이를 발로 차고 따귀를 올려붙였다. 한 무리의 일진 여고생들에게 얻어터진 B군은 씩씩거리며, 여자를 때리면 안 된다는 교육은 잘못되었다고 울분을 토로했다.

"돈은 안 뺏겼니?"

염장을 지르는 엄마마저 여자라는 인식을 한 B군은 여자들에게 오만 정이 떨어진 듯했다. 전화번호를 바꾸더니 공부에 정진하기 시작했다. B군의 실력은 일취월장하여 원하는 대학에 입학을 했다.

B군은 지금 여자 친구가 없다. 충격이 크기는 했나 보다. 역시 제대로 된 인간 하나를 만드는 데에는 온 세상이 필요하다.

어머니,
저승에선 뻥 치지 마세요

내일은 시어머니의 기일이다. 돌아가신 나의 시어머니는 내게 잘했다. 그녀가 나에게 잘했다는 건 내가 당신의 아들 등골을 빼지 않았다는 뜻이다.

그녀는 여자가 조직에서 대우받으며 돈을 번다는 것에 놀랐다. 한번은 나의 직장으로 찾아왔는데, 직원들이 자리를 안내하고 차를 내오고 수시로 필요한 것이 없는지 물어오는 것에 어안이 벙벙해했다. 그녀의 전근대적 여성관이 무너지는 날이었다.

그녀는 나와 함께 6년을 같이 살았다. 당신의 아들이 외박을 하고 실직을 해도 내가 별말이 없다는 것에 감탄했다. 남자는 사회 부적응을 토로했고 나는 고개를 끄덕였다. 세상에는 내 아버지처럼 돈 벌기가 죽기보다 힘든 사람도 있는 법이니까. 기대하지 않았으므로 실망도 없었다.

나는 오래 혼자 살았고 내 방에 대한 강박관념이 있었다. 선을 보고 한 달 만에 결혼한 것도 남자가 각방 쓰기에 동의했기 때문이었다. 그리고 며느리들과 사이가 좋지 않은 나의 친정엄마를 같이 모시겠다고 했다. 신혼집에 어머니들이 들어왔을 때 나는 오피스텔을 얻었다. 거기서 책을 보고 음악을 듣고 주식을 분석하고 부동산을 검색했다. 주말에는 새벽부터 부동산 현지답사를 위해 지프를 몰았다. 내가 하는 모든 행동은 돈을 버는 것이라고 시어머니가 친인척들에게 설명했다.

남자도 혼자 있는 것을 좋아했다. 우리는 각자의 공간에서 시간을 보냈다. 결혼 생활이 소리 없이 조용하다는 것에 시어머니는 만족했다. 만족하면서도 뭔가 잘못되고 있다는 것을 본능적으로 알았던 것 같다. 남자 대신 시어머니가 광적으로 나를 편애했다. 그 편애는 집안 며느리들의 공분을 불렀다. 주방에서 설거지할 때 큰동서는 나를 어깨로 밀어 넘어트렸다. 사촌 며느리들은 입술을 삐죽거렸다.

왜 시어머니는 가사를 '논다'고 표현한 것일까? 당신도 평생을 중노동으로 허리가 굽었건만 자신의 삶을 하찮게 여겼던 걸까? 집안 대소사에서 그녀와 남자들은 대놓고 며느리들을 비교했다. 돈을 벌지 않고 공부 못하는 자식을 둔 여자들은 절망하고 분노했다. 그것이 그녀들의 잘못도 아니건만 여왕벌인 시어머니와 남자들은 교활했다. 그 교활함에 여자들은 넘어갔고, 같은 여자끼리 암투를 벌였다.

시어머니가 나를 편애한 것은 불안함 때문이었다. 언제든 훌훌 떠날 준비가 되어 있는 막내아들의 여자. 남자가 필요 없는 여자는 위험인물이었다. 그 불안 때문에 시어머니는 짐을 싸서 내 집에 비집고 들어왔다. 빨리 자식을 낳으라고 계속 강요했다. 내가 아들을 낳자 비로소 안심했다.

"이제 내가 편히 눈을 감겠구나."

나는 병원에서 시어머니를 측은하게 바라보았다. 고부가 아닌 같은 여자로서 느끼는 슬픔이었다. 왜 성년인 자식의 인생까지 간여하고 걱정을 하십니까.

갑자기 치매가 왔다. 그녀는 다른 며느리들 다 있는 데서 내게 욕을 퍼부었다.

"너는 김장을 해서 시누이에게 갖다 바친 적도 없는 나쁜 년이다."

집안의 김장 비용은 내가 냈다.

그녀의 머릿속은 전근대와 현대가 뒤죽박죽 섞여 있었다. 며느리란 살림도 잘하고 돈도 잘 벌고 시집에 충성하며 남자에게 고분고분해야 했다. 그런데 나는 아니었다. 돈을 벌지만 살림을 남에게 맡겼고, 아들을 존경하는 기색도 없이 혼자 책을 보았다. 게다가 각방을 쓰며 해외 출장이다 뭐다 하며 집을 자주 비웠다. 음식을 해서 시누이에게 갖다 바치지도 않았다. 친정 식구들이 자주 들락거리며 재산을 빼돌리는 것 같았는데, 그녀는 내가 축적한 재산을 당신의 것으로 착각하고 분통을 터트렸다. 어느 날 내가 말했다.

"아들을 데려가셔도 좋아요."

그녀의 표정이 생각난다. 억울하고 분하고 황당한 얼굴이었다. 여자가 시집을 오면 그 집안의 노예인데, 노예가 노예인 줄 모르니 어이없다는 표정이었다.

그녀는 세상을 뜨기 전 병원에서 내 손을 잡고 말했다.

"작은애야, 내 아들을 잘 부탁한다."

오십이 넘은 아들의 무엇을 부탁한다는 것이었을까.

내 친정엄마와 시모, 두 여자는 닮았다. 아들을 종교처럼 생각했다. 제사장인 아들이 그녀들의 죽음 뒤까지 든든하게 지켜줄 거라고 생각했다. 나의 형님인 큰며느리는 교회를 나가면서 제사를 없애버렸다.

남자가 친구들과 벤처사업을 하다 부도를 내고 집에 들어앉던 날을 기억한다. 시어머니는 있지도 않은 점포를 들먹이며 죽을 때 네게 주겠다고 했다. 내 손을 잡고 땀을 뻘뻘 흘리며 각서를 쓰겠다고 했다. 나는 친정엄마와 똑 닮은 표정에 소리를 내어 웃었다.

어머니, 저승에선 뻥 치지 마세요.

엄마의
노란 빨랫줄

새벽에 전화를 받았다. 말다툼을 한 엄마가 노란 빨랫줄을 들고 밖으로 나갔다는 것이었다.

엄마는 주장을 관철시키기 위해 종종 노란 빨랫줄을 들었다. 어린 B군이 맨발로 뛰어나가 현관에서 할머니를 붙들고 통곡을 했다. 조손이 부둥켜안고 우는 모습은 가관이었다.

"할머니, 죽지 마! 엄마가 돈 줄 거야!"

형제들에 대한 지원을 끊었다. 엄마는 나의 거절에 충격을 받았다. 그날 손자 B군이 집에 없었다. 엄마는 돌돌 만 노란 빨랫줄을 들고 조용히 나갔다. 붙잡지 않았다.

노란 빨랫줄이 지겨웠다. 보는 즉시 내다 버렸는데도 어디서 나오는지 끝이 없었다. 소파에 앉아 있다가 불안한 생각이 들어 허겁지겁 뛰어나갔다. 엘리베이터를 기다리는 동안 온갖 생각이 지나갔다. 노란 빨랫줄은 내가 어릴 때부터 있어왔다. 엄마는 이걸로 세상을 하직할 거라고 우리에게 협박했다. 아니 내게 협박을 했다.

파란 하늘에 하얀 구름이 떠가고 벚꽃이 화사한 봄날이었다. 엄마는 아파트 화단의 벚꽃 가지에 노란 나일론 빨랫줄을 감고 있었다. 내가 짝짝이 슬리퍼를 신고 총알처럼 뛰어나오는 걸 본 후의 행동이었다. 딸년은 혼비백산해야 하는 것이었다. 나는 나무에 감은 노란 빨랫줄을 풀면서 떠들곤 했다.

"죽기엔 아까운 날씨네. 저녁에 고기 구워 먹을까?"

"오빠 가게 보증금이 얼마래?"

그날 엄마 방을 뒤져 노란 빨랫줄을 다 갖다 버렸다.

이혼하고 병든 아들들을 위해 엄마는 김포로 분가했다. 불같은 성격인데 아들들 앞에서는 물이었다. 그런 엄마가 또 노란 빨랫줄을 들고 밖으로 나갔다고 했다. 둘째 오빠와 말다툼을 했다고 한다. 자초지종을 알아볼 것도 없었다.

비 오잖아!

둘째가 내려가니 엄마는 1층 현관 앞에 노란 빨랫줄을 들고 서 있더라고 했다.

비 오는 날 죽을 순 없지.

간경화로 입원했던 셋째 아들이 퇴원해서 한 말이 엄마에게 소주를 사다달라는 것이었다. 엄마는 정말로 죽고 싶었을지 모른다는 생각이 들었다. 오늘 노란 빨랫줄은 목적을 이루기 위한 협박용이 아니었을 것이다. 엄마의 휴대폰으로 전화를 했다.

"비 오는데 오늘 저녁에 고기나 구워 먹을까?"

말이 없었다.

"철물점이 문 열었으면 노란 빨랫줄 사다 줄까?"

그러자 웃음소리와 함께 욕설이 터졌다.

이 미친년이!

다행이다.

용접공
시어머니

책을 읽고 있는데 번개 결혼을 한 아들 A군에게 전화가 왔다. 갑자기 오늘 집들이를 하겠다고 했다. 나는 무소식이 희소식이란 강력한 소신을 갖고 있다. 그냥 살면 되지 무슨 집들이냐고 짜증을 냈다. 며느리의 전화번호도 모르고 그녀도 내 전화번호를 모른다. 그래도 하겠다고 빡빡 우겨서 중국 요리를 두어 개 시켜 먹기로 했다. 집 위치도 모른다고 하니 지도가 왔다. 간신히 차를 대고 올라가니 신혼집이란 이런 것이다 싶게 인테리어가 방정맞았다.

조명등을 바라보다 감탄했다. 유기화학 분자 구조 다이어그램 모형이었다. 저것은 아세틸기(CH_3CO)가 아니냐!

모형에서 수소는 하얀색, 산소는 빨간색, 탄소는 검정색이라고 눈을 반짝거리며 말했다. 과학적인 어머니가 몹시 피곤했는지 완벽한 문과생인 며느리가 집 구경을 시켜줬다. 새로 한 주방 싱크대는 뒷마무리가 허술했다. 나는 핸드백 속의 드라이버를 꺼내 주방과 방을 돌아다니며 볼트를 조였다. 중국집에서 배달된 탕수육과 류산슬을 먹고 상다리의 접합 부분을 조여줬다. 드라이버를 갖고 다니는 시모에게 할 말을 잊은 며느리가 멍한 얼굴로 쳐다봤다. 곧 익숙해지겠거니 했다.

좀 더 놀다 가시라고 힘없이 접대성 발언을 했지만 읽던 책의 다음 장이 궁금했다. 마지막으로 현관의 신발장을 조여줬다. 경첩을 한 벌 사서 갈아줄까 하다가 며느리가 돌아버릴 것 같아서 그만두었다.

집에 돌아와 책을 읽고 있는데 A군에게 전화가 왔다. 아내가 놀라서 어머니는 문과 출신 아니냐고 했단다.

"울 엄마 용접도 잘해!"

"그럼 용접공 출신이셔?"

대한민국 최고의 기술자로 숱한 특허를 낸 우리 아버지의 딸이 나다. 초등학교에 다니기도 전부터 마찌꼬바의 기계가 장난감이었고, 피댓줄의 뒤틀림에 의혹을 가졌으며, 저 쪼꼬만 공장이 나의 것이 될 것임을 의심치 않았다. 수학 시간에 '뫼비우스의 띠'를 발견하고 유레카를 외쳤다. 내 비록 문과생이지만 뼛속까지 공순이다. 아버지가 일찍 돌아가시지 않았다면 나는 뭐든지 만들어내는 연금술사가 되었을지도!

며느리가 나를 종이 다른 인간으로 보는 것 같다. 내가 키운 적도 없고 등록금 한 번 준 적도 없으니 이 정도 사이면 적당할 것 같다. 1년에 한 두어 번 보면 괜찮은 친인척이 아닌가.

2
세상의 밥 한 공기

미오기의
화려한 변신

내가 어릴 적 자란 곳은 경기도 어느 시골.

엄마의 미적 감각은 일제강점기를 벗어나지 못했던 것 같다. 심지어 동네 문명(?)과도 동떨어져서 모두가 예쁜 운동화와 구두를 신고 다닐 때 엄마는 내게 고무신을 신겼다. 위에 오빠들이 줄줄이 있다 보니 나는 남자 형제들 옷을 물려받을 수밖에 없었다.

"아… 막내가 딸이라고요?"

사람들이 놀라움과 경탄의 눈빛으로 바라보는 일은 일도 아니었다.

엄마의 신경 줄은 무쇠 동아줄이어서 소싯적 나의 반항쯤 가볍게 물리쳤다. 전교에서 유일한 고무신 장착자로서

비통함을 금치 못하던 내가 이빨로 고무신을 찢어서 운동화를 사야 한다고 주장한 적이 있었다. 엄마는 대바늘과 굵은 실을 이용하여 세상에서 제일 튼튼한 고무신으로 만들어버렸다.

내 헤어스타일은 온 식구들의 실험의 장이었다. 큰 무쇠 가위로 썩둑썩둑 자른 내 머리는 그냥 영구였다. 처음에 큰오빠가 자르다 지겨워지면 둘째에게 가위를 넘기고 놀러 가버리고, 둘째가 정성껏(?) 쥐어뜯어 놓으면 마당에 앉아 코를 파던 셋째가 더러운 손으로 그 가위를 물려받아 최종 마무리를 했다. 난 거울을 보며 통곡했다. 내가 봐도 나는 구슬과 딱지를 칠 수밖에 없는 운명이었다.

어릴 적 단칸방에서 우린 주로 싸움의 기술과 구슬치기와 딱지의 급소를 논했다. 하루는 내 앞머리를 바가지로 만드는 데 실패한 남자 형제들이 모두 놀러 가버리자 나는 마당에서 수건을 목에 감고 있다 셀프 커팅을 했다. 결과는 최악이었다. 통곡을 하다가 생각을 바꾸었다. 그냥 외모를 잊어버리기로 했다.

머리에서 발끝까지 나는 구호물자를 배급받고 사는 전쟁고아 차림이었는데, 제일 황당했던 것은 물려받은 스웨터였다. 오빠들도 차례차례 물려받은 거라 최종적으로 내게 떨어질 때는 목이 축 늘어져 있었다. 옆으로 늘어져 어깨가 보였는데 나는 올리다가 지쳐서 내버려두었다. 앙상한 뼈를 보고 충격을 받은 선생님이 자기 도시락을 내게 먹이던 생각이 난다. 밥을 먹는 나를 유심히 보던 선생님이 네 머리에 누가 장난을 쳤느냐고 물어 어이가 없었다.

내가 알기로 모두 최선을 다했다. 다만 미적 감각이 없었을 뿐이다.

학창 시절엔 생머리를 고수했다. 취업 합격통지서를 받고 외모에 대해 고민하니 친구들이 발 벗고 나섰다. 전위적인 분위기를 풍기는 미대 출신들이 다수였는데 그녀들은 합심하여 '미오기의 변신'에 힘을 썼다. 출근을 앞두고 명동 미용실에서 '나이아가라 파마'라는 산발 머리를 내게 선사했다. 꽤 유명한 디자이너의 새끼 디자이너였던 한 친구는 회사 창고에서 팔 없는 다홍빛 원피스까지 훔쳐와 선물했다.

그날의 기억은 생생하다. 본가에 들렀더니 엄마는 대번에 '타락한 년'이라고 일갈했다. 그 정도 욕은 욕 축에도 들지 않는 가풍이라 실실 웃고 넘겼다. 쥐어뜯긴 산발에 만발할 년이라는 창의적 표현을 쓸 수도 있었는데 말이다. 나중에 당시 인사부서장과 농담을 트는 사이가 되었을 때 그가 진지하게 말했다.

"나는 그대가 술값을 받으러 온 줄 알았어."

한참 일할 때 추진하는 업무마다 호평을 받았는데 부서장이 타 부서장과 내 얘기를 하는 것을 들었다.

"아, 똑똑하고 명석하지. 거 왜 산발 머리 있잖아. 한 소쿠리. 응응."

요즘 재택근무를 하면서 미용실에 갈 일이 없어졌다. 머리를 묶어 틀어 올리다 헤어핀을 어디에 뒀는지 기억이 안 났다. 그래서 고무줄로 꽁지머리를 했는데 어디서 많이 본 얼굴이 거울 속에 있었다. 누구였더라?

전봉준이었다!

핸드백 속 소주잔

새 부서로 발령이 나고 회식을 했다. 회식 자리에서 술을 제일 맛있게 먹는(?) 사람에게 특별 휴가를 주겠다는 개소리에 눈이 번쩍 뜨여 구석에서 조신하게 술을 마시다 벌떡 일어났다. 나는 전 부서의 주당이었다.

먼저 내 핸드백 속의 소주잔을 꺼냈다. 부서원들은 술잔을 가지고 다닌다는 것만으로 숨이 넘어갔다. 소주잔을 사랑스럽게 바라보다 술을 콸콸 부어 술잔을 쪽쪽 소리가 나게 빨아댔다. 한 방울도 허투루 낭비하지 않았음을 옆 남자 직원의 머리에 술잔을 털어 증명한 후 전용 손수건으로 닦아 소중하게 다시 핸드백에 넣었다.

취기가 오르면서 소맥의 황금 비율에 대한 장황한 설명

과 함께 젓가락의 청아한 음과 아름다운 거품으로 술잔을
권하였으니 부서장은 기쁨으로 탄식했다.

"내가 보물을 얻었어. 보물을 얻은 게야."

나는 술을 마시면 마실수록 얼굴이 창백해져 말똥거리
는 체질이었다. 말술에 감탄한 부서장은 나를 높은 어르신
들의 주석에 초빙하는 만행을 저지르기 시작했다.

집에 가고 싶을 때면 술잔을 빨리빨리 돌렸다. 그리고
집중적으로 공략해야 하는 인간이 술잔을 앞에 두고 다른
사람과 얘기를 하려 치면 손가락으로 턱을 휙 돌려 강제로
술을 처먹였다. 그래도 다른 데 시선을 돌리면 박수로 환
기시키며 반말을 지껄였다.

"누나 봐야지? 응?"

대부분 취해서 실신했는데 여름철에는 길에다 버렸고
겨울에는 동사를 염려하여 가끔 경찰서에 취객이 누워 있
다고 신고를 했다. 아침에 출근하면 어제 참석했던 멤버들
이 흙빛 얼굴을 하고 있거나 병가를 내는 등 후유증을 보
였다.

"오늘은 쉬남?"

내가 말하면 고개를 돌리기 시작했다.

업무상 타 기관 사람들과 술자리를 할 일이 생겼다. 술

은 맥주잔 속에 양주잔을 집어넣는 회오리였는데 내 앞의
그는 재수가 없었다. 내게 집중적으로 잔을 권했지만 나는
단숨에 들이켰고 바로 잔을 들이댔다. 누가 봐도 단둘이서
술잔 대결을 하는 꼬락서니였다. 술잔이 돌면서 그의 표정
이 풀어지더니 졸기 시작했다. 나는 가뿐하게 핸드백을 들
고 귀가했고 입술을 푸르르 떨며 기절했다.

　가끔 아버지와 대작하는 꿈을 꾸었다. 아버지가 술을 폭
음하기 시작한 것은 친구 보증을 섰다가 집을 경매로 넘기
고 온 식구가 뿔뿔이 흩어지면서부터였다. 나는 한동안 아
버지와 살았는데 아버지는 술이 취하면 이 세상 불특정 갑
들에게 육두문자를 날렸다. 밤이면 옷을 두툼하게 입고 아
버지를 찾으러 나섰다. 술을 마셔도 꼿꼿하던 아버지가 언
제부턴가 몸을 가누지 못했다. 길에 누워 있는 아버지를
발견하면 초등학생 작은 몸으로 아버지를 일으켜 같이 뒹
굴고 넘어지며 집으로 갔다.
　눈이 오는 날은 힘들었다. 같이 나동그라져 누워 있기도
했다. 추수가 끝난 벌판도 하얗고 먼 산도 하얗고 하얀데
길은 멀었다. 아버지는 가끔 정신이 들면 물었다.
　"힘들지?"

나는 대답했다.

"아니."

아버지가 빚쟁이들에게 멱살을 잡히는 것을 본 후로 원망하지 않기로 했다.

시장통에서 술 취한 아버지를 찾아 비틀거리며 집에 오는데 친구들과 있는 오빠를 보았다. 그는 고개를 돌렸다. 그날로 나도 오빠에게서 고개를 돌렸다. 동네에서 나는 '주정뱅이 김 씨의 딸'로 불렸다.

아버지는 뇌종양으로 돌아가셨다. 병명도 쓰러지고 나서야 알았다. 술은 아버지에게 진통제였다.

내 업무는 분석하고 보고서를 쓰는 일이었다. 가끔 학술 자료가 필요하면 미리 전화를 하고 학교로 찾아갔다. 친구가 강사로 있는 대학에 자료를 구하러 갔다가 남자를 만났다. 남자가 웃으면 같이 웃고 싶어졌다. 그와 휴일에 만나서 북한강을 보러 갔다. 차를 길가에 세우고 강물을 보면서 웃었는데 무슨 얘기를 했는지는 기억나지 않는다. 커다란 느티나무의 나뭇잎들이 바람에 팔랑이며 우우 노래를 불렀다. 그가 휘파람을 불자 바람이 강 위로 달아났다.

그는 퇴근 무렵 카페에 앉아 나를 기다렸다. 전화가 오면 연락하겠다고 말했다. 그리고 잊어버렸다. 전화가 더 왔으나 나중에 전화하겠다고 말했다. 그리고 잊어버렸다.

친구가 결혼식을 한다고 연락이 왔다. 청첩장을 주기 전 만나고 싶다고 했지만 시간이 없었다.

"식장에서 보자."

그리고 결혼식장에서 친구와 남자가 나란히 서 있는 것을 보았다. 황당했지만 축하한다고 말했다. 피로연에서 술을 마셨는데 얼굴만 창백해졌다. 그의 말이 기억났다.

'꿈이 뭡니까?'

신랑 신부가 여행을 떠나고 2차 피로연에서 처음으로 혀가 꼬였다. 친구들이 술주정을 하는 내가 귀엽다고 웃어 댔다.

돌아오는 길에 술이 깼다. 소주를 사서 집으로 들고 갔다. 늦었지만 그의 질문에 혼자 대답했다.

'내 꿈은 평범해지는 겁니다.'

아버지의 꿈도 평범해지는 것이었다. 아버지처럼 길에 쓰러지는 일은 없을 것이다. 없어야 한다.

타인의 흔적 1

귀신 붙은 책

선배의 소개로 입주 가정교사를 했다. 딸의 입시를 위하여 부모는 가정교사를 두기로 했다. 자식은 아들과 딸이었는데 아들이 세상을 떠났다고 들었다. 그는 나보다 세 살이 많다고 했다. 가끔 열리는 그의 방 책장이 가지런했다. 여고생의 말로는 곧 저 책들도 치울 예정이라고 했다. 집안 분위기는 조용하고 무거웠다. 나도 목소리를 낮추었다.

오전 강의만 있는 날은 일찍 돌아와 가끔 그의 방에 들어갔다. 방문이 닫혀 있었지만 잠근 상태는 아니었다. 그의 책장에서 책을 집어 방으로 갖고 와서 읽었다. 연필로 밑줄 친 문장은 더 유심히 보았다.

'진실을 그럴듯하게 보이도록 하기 위해선 진실에다가

반드시 거짓말을 덧대야 합니다.'

도스토옙스키의 『악령』이었다. 하인리히 뵐의 『그리고 아무 말도 하지 않았다』의 밑줄도 기억한다.

'사랑해서 하는 결혼은 불행하다.'

책을 다 읽고 그가 줄을 친 까닭을 이해했다. 좋은 사람이었다. 세상에 없는 그가 가끔 궁금했다. 경영학 전공이라는데 문학과 사상집이 많았다. 무엇을 꿈꾸었는지, 무슨 생각을 했는지, 타인의 사유가 거기 있었다.

내가 그 방에서 책을 가지고 나온다는 사실을 안 여고생이 말했다.

"선생님, 그 방에 들어가지 마세요. 그 책 다 태울 거래요."

그러고는 입을 다물었다.

여고생의 마지막 입시 전형까지 봐준 다음 나는 나갈 준비를 했다. 학생의 엄마가 고맙다며 코트를 한 벌 해주고 싶다고 했다. 나는 망설이다 저 방의 책을 달라고 했다.

"태우실 것이라면."

잠깐 생각하더니 갖고 싶은 책은 가져가라고 했다. 다 들고 나올 수 없어 20여 권을 골라서 묶었다.

망설였던 책 몇 권이 또 생각나서 한밤중에 그의 방으로 갔다. 낮에 보았던 방과 어딘지 달랐다. 까치발로 맨 위 책장의 책을 꺼내는데 책이 움직였다. 누군가의 손이 내가 책을 잡기 편하도록 밀어주고 있었다. 무섭다는 생각은 들지 않았고 나도 모르게 눈물이 흘렀다. 나는 흐느껴 울면서 책을 집어들었다. 창밖에는 눈이 내리고 있었다.

다음 날 짐꾼을 자처한 친구들과 그 집을 떠났다. 계속 기침을 해서 약을 지어 먹었는데 듣지 않았다. 병원에서 폐결핵 진단을 받았다. 미열 탓이었는지 잠결에 누군가 내 머리맡에 앉아 이마를 짚었다. 나는 자취방에서 가끔 혼잣말을 했다. 그가 결핵을 앓았을 것이라는 생각이 문득 들었다. 내 얘기를 들은 친구들은 귀신이 붙었나 보다 울상을 지었다. 나는 병의 원인이 책이 아닌지 의심이 들었다.

책은 개달물이었다. 책을 마당에 널어놓고 햇빛과 바람으로 소독을 했다. 나도, 책도 해바라기를 하며 앉은 채로 졸았다. 폐에는 흉터만 남았다. 누군가 앉아서 이마를 만지는 일도 없어졌다. 밤늦게 가끔 책장에서 부스럭거리는 소리가 났다. 잠결에 책들이 습도를 조절하는 중이라고 생각했다.

책에도 운명이 있어 몇 권은 오랜 세월 나와 살고 있다. 작년에 이사하면서 정리한 책을 박스에 담아 뒤 베란다에 내어놓았다. 박스 하나에서 밤늦게 부스럭 소리가 난다. 내가 잊고 있었던 책이 저 안에 있는지 모르겠다.

혹시 당신입니까?

음악은
어디로 가는가

오늘 집을 방문한 후배가 같이 음악을 듣다가 내게 고개를 갸웃거렸다.

"언니의 음악 취향을 잘 모르겠어요."

베를린 필하모니 공연에 거금(?)을 퍼붓는 나를 보고 클래식 마니아로 생각했다가 퀸이나 메탈리카 공연에 콩알처럼 통통 튀는 내가 의아했던 것이다.

어린 시절 집에 라디오가 있었다. 자주 고장이 나서 집에 있는 니퍼로 꼭지를 잡아 돌려 주파수를 맞춰야 했다. 찌지지─ 먼 데서 남자들의 합창 소리가 들렸다. 여름밤 돗자리에 누워 별을 보며 생각했다. 저 노래는 우주로 날아가서 어느 별에 닿을지도 몰라. 그러다 스르르 잠이 들었다.

초등학교 4학년 때 클래식을 처음 만났다. 집으로 돌아오는 길에 수녀원이 있었다. 나는 다람쥐처럼 나무를 잘 타서 수녀원 담장 위에 앉아 우물우물 버찌를 먹으며 수녀들의 노래를 들었다. 수녀가 되면 기도하고 노래만 해도 먹고살 수 있다는 생각에 기분이 좋아졌다.

그러다 어느 회색 눈의 신부를 알게 되었고 하루는 담장 위에 앉았던 친구와 사택에 들어갔다. 그는 진공관 전축에 레코드판을 걸어 음악을 들었고 우리는 빵을 먹었다. 단지 그것뿐이었으나 나는 기억한다. 그 음악은 베토벤의 「황제」였다. 지금도 「황제」를 들으면 담장의 벚나무와 신부와 크림빵을 떠올린다.

수녀원에서의 기억으로 나는 누가 버린 클래식 LP판을 주워오곤 했는데 엄마는 불에 구워 울렁울렁 접시를 만들었다. 음악은 강냉이를 담았다가 털실을 담기도 했다.

동네 이층집에 사는 친구의 집에 독수리표 전축이 있었다. 나는 그 집을 자주 갔는데 단지 전축이 있었기 때문이다. 친구의 엄마는 누워서 패티 김의 「하와이 연정」을 따라 불렀다. 사랑이 말없이 왔다 말없이 간다는 건 거짓말이었다. 당시 우리 집은 언니의 연애질로 쑥대밭이었다.

사실 내게 장르 취향은 없었다. 모든 음악에 풍경이 있었을 뿐이다.

베토벤은 수녀원의 사택에서 나를 기다렸고 봄날의 버스 안에서 흐르던 나훈아의 노래는 담요처럼 따뜻했다. 파블로 카잘스는 술 취한 내 가슴에 구멍을 뚫었고 피아졸라는 한때 내게 있었던 남자의 뒷모습을 떠올리게 했다. '꼬집힌 풋사랑'은 주정뱅이 아버지였지만, 그리웠다.

후배를 보내고 재클린 뒤프레의 첼로를 들으려다 오래전에 저장한 동영상을 떠올렸다. 그녀가 사랑한 다니엘 바렌보임과 이츠하크 펄만, 핀커스 주커만이 풋풋한 젊은 시절 연주한 것이다. 병든 그녀를 버리고 바렌보임이 다른 여인을 찾아 떠난 후 그녀는 홀로 병석에서 지내다 고독사했다. 하지만 그들이 왁자하게 웃으며 연주했던 젊은 날의 음악은 내 어린 날의 라디오 노래처럼 우주로 날아갔을 것이라고 생각한다.

그녀가 젊은 모습 그대로 우주에서 연주하는 모습을 떠올린다. 내 아버지도 저 허공 어디에서 뽕짝을 부르고 계실지도 모르겠다. 한밤중 음악을 들을 때 별을 보는 이유다.

오래된 책들은
다 어디로 갔을까

가끔 초등학생으로 다시 돌아가는 꿈을 꾼다. 가난했지만 정신적으로 가장 풍요했던 시절이었다. 선생님들은 내게 학급문고나 도서관의 열쇠를 맡겼다. 당시 시골 학교의 책 마련은 당연히 학생들의 몫이었다. 어른들은 아무 책이나 아이들에게 들려 보냈다. 나는 부모들이 보내준 책을 분류하는 작업을 했다. 그 일은 방과 후에 혼자 삐걱거리는 마룻바닥에 앉아 책을 읽는 일이었다.

어른들은 성인과 아동 도서를 분간하지 못했다. 나는 꾸역꾸역 머릿속에 활자를 집어넣는 작업을 했다. 하굣길엔 혼자 해 질 녘 운동장을 가로질렀다. 어린 마음에도 누렇게 바랜 책들이 안쓰러웠다. 도저히 읽을 수 없는 책들을 버리며 책의 운명에 대해 생각했다. 책에도 생명이 있어 사람들이 읽지 않는 책은 사라질 터. 나의 운명이 아닌 책의 운명을 생각하며 울던 철없던 시절이었다.

나는 닥치는 대로 읽었고 성인 소설의 독후감을 써내서 선생님을 웃게 했다. 당시 읽던 문학전집이 '신구문화사' 출판본이라는 걸 어른이 되어 알았다. 현대한국문학전집이 세 번의 출판을 거쳐 완성되었다는 것도, 세계전후문학전집 탄생의 숨겨진 비화도 염무웅 선생님을 통해 알았다. 4.19 당시 종로 관철동에 있던 출판사 창가에서 이어령 선생은 말했다.

"저 함성을 들어봐라. 저 목소리를 대변할 수 있는 책을 만들어봐라."

2022년에 한국근대문학관과 근대서지학회의 『100편의 소설, 100편의 마음』이 출간되었다. 「혈의 누」에서 「광장」까지 희귀한 초판본들이어서 바로 구매했다. 그러나 「혈의 누」 초판은 소장한 기관도 개인도 없었다. 수록된 책들은 지질 문제로 누렇게 변색되었으나 정겨웠다. 문득 최인훈을 발굴한 신구문화사의 편집장 신동문 시인을 생각했다. 음악가 홍난파 선생이 단 한 편의 소설을 썼다는 사실을 이번에 알았다. 표지가 요한의 목을 쟁반에 올린 살로메 같아서 웃었다.

두고두고 보리라 생각했던 책을 펼쳤는데 그 속의 책들에 대한 생각이 마구마구 떠오른다. 할 말이 많다는 이야기다. 아, 이 책 속에 내가 읽었던 현대한국문학전집과 세계전후문학전집의 초판이 있다.

책들은 다 어디로 가는가? 아니, 오래된 책들은 다 어디로 갔을까?

타인의 흔적 2

오! 나의 귀신님

노원구 하계동 허름한 동네에 재개발 바람이 불 때였다.
방학인데 복부인인 사촌 언니가 전화를 했다. 딱 한 달만
자기가 사둔 집에 거주해 달라고 했다. 곧 재개발이 되는
데 사람이 살아야 아파트 입주권을 준다는 것이었다. 위장
전입이 탄로 나면 입주권이 취소된다고 했다. 그 언니는
돈에 눈이 뒤집혀 사촌 여동생 하나쯤은 나가 죽어도 아무
렇지 않을 인간이었다. 거부할 수 없는 제안을 했는지 엄
마까지 가세하고 나섰다.

"딱 한 달이래잖아, 이년아."

버스 정류장에서 한참을 걸어 들어가야 동네가 나왔다.
좁은 골목길에 허름한 집들이 다닥다닥 붙어 있었다. 시멘

트 마당이 있고 일자로 된 집이었는데 방이 두 개였다. 나무 대문을 열고 들어가면 방, 부엌, 방 그리고 맨 끝이 재래식 화장실이었다.

나는 오랜 자취 생활로 '생존가방'을 갖고 있었는데, 보름 정도는 노숙하며 먹고사는 노하우를 터득하고 있었다. 그 집에서 나는 클래식 방송을 들으며 책을 읽었다. 가끔 잠결에 부스럭 소리가 났지만 오래된 집이라 당연하다는 생각을 했다.

그해는 비가 많이 내렸다. 동 직원이 언니가 이 집에 살고 있는지 확인하는 일이 한 번 있었고 그 외엔 아무 일도 없었다. 한 달이 되어 나는 생존가방을 다시 꾸렸는데 한 가지 더, 이불 보따리가 있었다.

그날 밤이었다.

책을 보다가 잠이 들었는데 누군가 흐느껴 우는 소리가 들렸다. 비가 내리고 있어서 처음엔 빗소리인 줄 알았다. 울음소리가 가슴을 짓눌러 눈물이 고였다. 일어나니 머리가 긴 젊은 여자가 이불 보따리 위에서 울고 있었다. 얼굴에 눈물이 흥건했다.

지금 생각해도 이상한데 하나도 무섭지 않았다.

왜 우느냐고 물었다. 그러자 여자는 네가 이사를 가면 자기는 또 혼자라고 했다. 네가 있어 그동안 즐거웠고 행복했다는 것이다. 나는 두말하지 않고 이불 보따리를 풀었다. 그리고 그녀를 이불처럼 눕혀서 다시 보따리를 쌌다. 같이 가자.

다음 날 나는 하계동 그 나무 대문 집을 떠났다. 이불 보따리와 생존가방을 들고.

그해 하반기에 이상한 일들이 있었다.

첫 번째는 친구와 타고 가던 택시가 앞차를 과속으로 들이받은 일이었다. 기사도 친구도 입원했는데 나는 멀쩡했다.

두 번째는 공원에서 큰 개가 미쳐 날뛰는 일이었다. 개는 내 쪽으로 달려오다 나를 보더니 주춤하고 방향을 돌려버렸다.

세 번째는 꿈인지 생시인지 모르겠다. 사는 게 힘들어서 울다가 엎드려 잠이 들었는데 그 나무 대문 집의 여자가 서 있었다. 물끄러미 바라보더니 방문을 열고 나갔다. 나는 그녀가 영원히 떠난다는 걸 느낌으로 알았다.

당신은 누구냐고 물었어야 했다. 그러나 나는 그렇게 생겨먹은 인간이다. 누군가 울면 가슴부터 미어졌다. 혼자 우는 눈물이 어떤 것인지 알기에 가끔 무방비가 되어 버린다. 누구인지, 어디 사는지는 중요하지 않았다. 왜 우는지가 중요했다. 나도 누군가 왜 우는지 물어봐줬으면 하던 시절이 있었기 때문이다.

내 사랑은
사랑이 아니더냐

생물 시간을 좋아했다. 냉소적인 선생님은 인간은 동물의 한 종에 불과하다고 강조했다. 진화와 생존에 성공했을 뿐 특별한 생명은 아니라는 것이었다. 다리를 살짝 절었는데 병이었는지 사고였는지 모르겠다. 그는 가끔 신경질적인 어투로 인간의 욕망을 비웃었다. 강의 중 피곤한 표정으로 창밖을 바라보는 모습이 여고생에게 치명적으로 다가왔는데, 음… 난 사랑에 빠졌다.

나는 노트 필기를 하며 그의 말을 빠짐없이 받아 적었다. 계문강목과속종 그 옆에 '지가 최고인 줄 아는 인간 족속들', '지구의 기생충' 같은 말도 꼼꼼히 적었다. 어떤 날은 그의 말로 온통 채워져 내 노트는 그의 어록이 되었다. 나를 끔찍이 아껴준 다른 선생님은 눈에 들어오지도 않았다. 한번 좋아하면 눈알이 돌아버리는 또라이답게 나는 그의 일거수일투족에 촉수를 세웠다. 수업 시간에 내 눈은 자연 발화로 불을 뿜었다.

첫 시험 이후 그는 내게 주목하기 시작했다. 그는 시험 문제를 비틀어서 내는 유형이었는데 나는 정확하게 그의 의도를 꿰뚫었고 주관식 문제에 내 의견까지 적어 내는 열정을 보였다. 내 답안지는 그대로 뜨거운 사랑의 연서였다.

공휴일이면 그를 볼 수 없다는 절망감에 내 대뇌와 소뇌가 삼투압 현상을 일으키며 하염없이 쪼그라들었다. 심지어 성층권, 아니 푸른 하늘에 그의 얼굴이 보이는 환각까지 일어났다. 나의 이런 열정에 화답하듯 늘 시니컬한 미소를 입가에 매달던 그도 나를 보면 눈꼬리를 풀었다.

그는 환경론자이기도 했다. 나는 그에 걸맞은 애인이 되기 위해 레이첼 카슨의 『침묵의 봄』을 하룻밤 만에 독파하고 토양 오염의 기준과 검출 방법, 자연 회복에 필요한 시기, 심지어 수질 오염에 대한 국가의 기준이 너무 허술하다는 의견까지 피력했다. 그는 내게 감탄했다.

"너 고등학생 맞아?"

이쯤 되면 사랑은 점입가경을 달려야 하는 것이었다. 그러나 그는 내게 사랑의 화답 대신 결혼 소식을 전해왔다. 필기를 위해 내 노트를 당겼던 짝은 그것이 '사랑의 어록' 임을 단번에 알아보았다. 빈칸에 쓴 한 줄 때문이었다.

'씨발, 내 사랑은 사랑이 아니더냐!'

내 기억 속의
조폭 남친

내 친구의 애인은 서울로 유학 온 전남 보성 출신이었다. 쫄래쫄래 따라갔다가 그의 초등학생 동창들과 합석을 하게 되었다. 그중 가장 무섭게 생긴 사람이 있었는데 유도 전공의 체육학과생 K였다. 럭비나 농구를 하는 체대생은 봤는데 이런 캐릭터는 처음이었다. 순수한 전라도 사람이었던 그는 완벽한 원어민의 호남어를 구사했다. 매끄러지는 모음 활용의 어휘력에 나는 그만 넋을 놓고 말았다.

"나가 느를 얼매나 보고자파 했는 줄 아냐? 옴마? 그랬냐~."

그의 표현을 빌리면 그 자리에서 나는 찍혀부렀다. 뱀 같은 세모 눈에서 독이 아닌 꿀이 뚝뚝 떨어졌다. 우리보다 세 살이 많은 나이라 보자마자 내게 말을 놓았다. 대체로 누구에게나 말을 놓아서 그나마 위로가 되었다. 길에서 만난 할머니의 짐도 들어줄 줄 알았다.

"무담시 노인네가 이리 무거븐 걸 들고 다닌다요~."

만날 때 친구들과 함께 나갔는데 누가 있든 없든 상관하지 않았다.

"너 뭐 좀 먹어야 쓰겄다. 비린내 난다잉?"

라면과 떡볶이와 순대를 사주며 얼마나 생색을 내던지!

이태원에서 지나가는 행인과 부딪혀 싸움이 붙었을 땐 사람을 패대기치는 모습에 무서워졌다. 성질나면 나도 저리될 수 있다는 생각으로 바들바들 떨었다. 그의 스포츠머리 때문에 친구들이 '조폭'이라고 불렀다.

헤어질 결심으로 연락을 끊었는데 어느 날 학교로 찾아왔다! 커피숍에 앉아 나는 공부를 해야 하고 시간도 없고 그동안 고마웠고 주절주절 늘어놓았다. 내가 무서워서 달달 떨며 눈물을 흘리자 독사의 세모눈이 갑자기 슬퍼졌다.

"옴메~. 말 돌리지 말어. 나가 그리도 싫으냐?"

나는 그때 '옴메'가 단순한 감탄사가 아니고 애절한 한탄사라는 걸 알았다. 이별을 그리 다정다감 애끊게 한 경우가 없었다. 대부분 개싸움이었는데 이 이별은 잊히지 않는다. 그는 학교 앞 문구점에서 내게 노트도 사주었다.

"공부 열씨미 허고 배곯지 말고~."

동창회에 나갔다가 그 애인과 결혼한 친구에게서 소식을 들었다. 유흥업소 전무가 되었다가 건축업자가 되었다고 했다. 마누라를 쥐어패서 폭행 사유로 이혼도 했다고 들었다. 아마 계속 만났다면 갈비뼈 몇 대는 내어줘야 했을 것이다.

당시 후일담으로 친구가 들려준 얘기다. 그 조폭이 "씨바, 서울 가이내한테 나가 겁나 머싰써부렀다!" 하고 자랑질을 했다고 한다!

'3인칭'의 첫사랑

밀린 일을 하고 있는데 나의 늙은 제자한테서 전화가 왔다. 꿈에 내가 보였는데 무슨 일이 있느냐는 것이었다. 마음이 흐뭇해졌다.

잊을 만하면 전화가 오는 지인 중에 '3인칭'이 있다. '3인칭'은 오래 묵은 나의 제자다. 과외 학생이었는데 여섯 살 차이여서 지금은 거의 친구처럼 지낸다. 학생 엄마의 요청으로 영수를 가르쳤는데 못돼 처먹은 종자였다. 처음부터 내게 말끝을 말아먹었다. "모르겠습니다."도 아니고 "모르겠는데?", "오늘은 그만하죠."도 아니고 "그만하지?" 했다.

고객이라 참긴 했는데 날 잡아서 잡도리할 생각이었다. 살면서 그렇게 머리 나쁘고 싸가지 없는 중3은 처음 보았다. 더 황당한 것은 가족들의 어투가 모두 말을 말아먹는 족속이었다. 그 엄마도 내게 "배고프면 밥 먹든지." 했다. 안 고프면 먹지 말란 소리로 들렸다.

영어 기초가 전혀 되어 있지 않아서 하루는 동사를 설명하다가 너와 나를 뺀 나머지는 다 '3인칭'이라고 했다. 그날 저녁을 같이 먹는데 사소한 일로 자기 누나하고 말다툼이 붙었다. 가족 구성원 모두 다소곳한 사람이 한 명도 없었다. 그 엄마가 "둘 다 처맞고 싶으면 계속하든지!" 했는데 중학생이 바로 맞받아쳤다.

"3인칭은 빠지시지?"

제3자도 아니고 3인칭이라니!

나는 희망을 보았다. 가르친 대로 잘도 활용하는 걸 보니 영 돌대가리는 아니었다. 그날로 나는 '3인칭'에게 장유유서와 사제지간의 법도를 포기했다. 중3 싸가지가 고1 싸가지가 될 때까지 나도 그에 걸맞은 불량 교사였다.

내가 처음으로 잡도리한 건 '3인칭'이 고교생이 되어 내게 '미옥 씨'라고 불렀을 때였다. 지금 생각하면 자유분방한 집안 풍토였는데 그때는 콩가루 집구석이라고 생각했다. 성적이 오르든 내리든 아무도 뭐라고 하지 않았다. 식탁의 과일이며 냉장고의 고기를 닥치는 대로 먹어도 관심이 없었다. 살면서 그 집에 있을 때처럼 내 마음대로 먹고 산 적이 없는 것 같다. 더 있을 수도 있었는데 3인칭이 공부가 취향이 아니라 미안했다. 그 집을 나오고 얼마나 후회했던지!

'3인칭'은 내가 떠난 다음 새로 온 가정교사와 육탄전으로 붙었다고 들었다. 법대 남학생이었는데 정의의 이름으로 싸가지를 응징하려다 얻어맞았지 싶다. '3인칭'의 표현을 빌면 한주먹 거리도 안 되는 놈이라고 했다. 보나마나 가정교사가 목이 터져라 설명해도 "그만하지?" 했을 것이다. 나중에 알았지만 그 집에서 몇 달을 버틴 가정교사가 없었다. 처음 본 나의 모습이 신경질적으로 말라서 마음에 안 들었지만 불쌍해서 봐줬다고 했다.

"미옥 씨, 그때 갈 곳도 없었잖아?"

고등학교 졸업 선물로 책을 사줬더니 헌책방에 내다 팔아야겠다며 좋아했다.

공부 아닌 먹거리에 뜻을 두고 지금 정육점을 하는데 돈을 잘 번다. 한번 그의 가게에 간 적이 있는데 '3인칭'의 부인이 얼마나 칼을 잘 휘두르는지 무서웠다. 자기 부인한테 내가 첫사랑이었다고 뻔뻔하게 말하는데 부인 눈빛이 심상치 않았다. 칼 맞을 거 같아 얼른 나왔다.

한번 싸가지는 영원한 싸가지가 맞다. 오늘의 전화 내용은 "팔고 남은 고기가 있는데 먹든지." 고기 안 먹는다고 했으니 진짜 채식주의자가 되어볼까 생각 중이다.

꽃들은
어디로 갔을까

어린 시절 동네에 멋진 이층집이 있었다. 계절마다 꽃 피는 정원이 아름다웠는데 그 집에는 변덕스런 여자아이가 살았다. 함께 놀다가 마음에 드는 애들만 골라 자기 방에 데리고 들어갔다. 나는 그 아이의 마음에 들려고 노력했는데 이유는 단 하나, 창문에 달린 레이스 커튼 때문이었다. 어린 나이에도 정면으로 직시하는 세상은 아름답지 않았다. 그러나 레이스 커튼으로 얼굴을 가리고 바라보는 세상은 아름다웠다. 커튼으로 비치는 세상은 내게 더없이 안전했다. 그때부터 레이스 커튼에 대한 로망이 생겼다.

어른이 되어 한강변 아파트로 이사 갔을 때 제일 먼저

레이스 커튼을 맞췄다. 강바람 불어 커튼이 펄럭이는 창가에 앉아 커피를 마시거나 책을 읽었다. 커다란 올리브나무 한 그루가 있는 나만의 세상은 안락했다. 나는 그때 제법 우아했던 것 같다.

토요일 오후였을까? 아이의 친구들이 놀러 왔다. 책을 보고 있다가 초등학교 2학년 꼬마 아이들에게 미소를 지었다. 그런데 한 꼬마가 방에 들어가지 않고 나를 계속 바라보았다. 바람이 불었고 창을 등진 내 머리 위로 커튼이 살랑거렸다. 나는 보던 책을 덮고 꼬마에게 필요한 것이 있는지 물었다. 꼬마 얼굴이 벌게지더니 방으로 들어가 버렸다.

저녁에 그 꼬마가 꽃을 들고 찾아왔다. 도토리 같은 놈이 현관이 열리자마자 내게 꽃을 주고 도망가버렸다. 초등학교 2학년 꼬마가 꽃을, 그것도 친구 엄마에게!

이후로도 꽃 배달 사건이 서너 번 더 있었다. 꼬마 엄마가 내게 전화를 했다. 녀석이 집 안에 있는 화분을 다 작살냈다는 것이었다. 화분의 꽃을 꺾어 어쨌느냐 물었더니 '친구 엄마에게 주었다, 어쩔래?' 반항을 하더라고 했다. 그러니 아이가 오면 문을 열어주지도 받아주지도 말라고 했다. 조숙한 아홉 살 청춘이었다.

어제 저녁에 아들이 친구들을 데리고 왔다. 한 친구가 군대에 간다고 했다. 키가 훤칠하고 잘생긴 청년들이었다. 놀러 간다고 해서 재밌게 놀다 오라고 건성으로 말하고 등을 돌렸는데 한 청년이 머뭇거렸다.

"저 모르시겠어요?"

"네가 누군데?"

나는 고개를 들어 눈을 껌벅거리며 키 큰 청년을 올려다보았는데 하하하하! '꽃을 든 아홉 살 청춘'이었다. 그는 얼굴이 벌게지더니 인사를 했다.

"잘 다녀오겠습니다."

집 안 화분의 꽃들을 다 꺾어 내게 선물하고 엄마한테 두들겨 맞던 아홉 살 청춘이 22살 청춘이 되어 군대에 간다고 인사하러 온 것이었다. 여리여리 가냘프던 친구의 엄마와, 바람에 펄럭이던 레이스 커튼과, 그 너머로 보이던 강물과 푸른 하늘. 아이에게 나는 풍경으로 남아 있었을 것이다. 이제 튼실하고 듬직한 국화꽃 같은 친구 엄마를 보고 '내가 보았던 것이 꿈이었을까?' 회한에 잠겼을 22살 청춘에게 갑자기 미안해졌다.

그래. 내 청춘은, 꽃들은 다 어디로 갔느냔 말이다! 거울 속 아줌마, 누구세요?

한번 또라이는
늙어도 또라이

친구 Y에게서 전화가 왔다. 날도 흐리고 마음도 꿀꿀한데 대성리로 드라이브나 갔으면 한다는 거다. 이 친구 입에서 대성리가 나오다니! 내겐 트라우마로 남은 '대성리의 그날'이 Y에게 그리움으로 남았구나.

　때는 가을이었다. 선배들의 인솔하에 어린 우리는 대성리로 MT를 갔다. 그날 꽁치 통조림에 김치를 투하한 찌개로 밥을 해 먹고 선배들은 느긋하게 담배를 피웠다. Y와 나는 살짝 빠져나와 갈대밭으로 갔다. 지금 생각하면 억새풀 같기도 하다. 놀랍게도 Y가 주머니에서 담배를 꺼냈다. 지들은 꼴에 사내라고 아무 데서나 끽연하는데 갈대밭에서 우리도 '저항'하자고 했다.

그날 가을 하늘은 푸르렀고 바람은 갈대 머리를 이리저리 휘저었다. 눈을 가늘게 뜨고 한숨을 쉬듯 담배를 피우는 Y의 모습은 멋있었다. 인생을 제법 산 여인처럼 세상을 냉소하는 모습이었다.

그러나 멋진 냉소는 오두방정으로 끝이 났다. 갈대밭에 불이 붙고 말았다. 비명 소리를 듣고 선배들이 달려와 진화 작업을 했다. 그러나 바람이 불을 데려가는 속도가 더 빨랐다. 가장 무서운 선배가 온몸에 물을 들이붓고 뒹굴기 시작했다. 불이 꺼지자 선배는 개 끄슬려놓은 몰골로 우리 둘을 잡도리하기 시작했다. 우리는 엉엉 울었다.

그런데 이번에 Y가 뒹굴기 시작했다. 죽을죄를 지었으며 자기는 죽어야 하고 죽고 싶다고 자해를 했다. 선배의 호통보다 더 큰 소리로 죽여달라고 버둥거렸다. 나는 죽고 싶지 않았지만 목청을 드높여 "잘몬했어여~!" 통곡을 했다. 우리의 곡소리는 대성리 강줄기를 따라 멀리멀리 퍼져 나갔다.

다른 학교의 MT 팀들이 통곡의 진원지를 찾아 구경을 왔다. 무서운 선배와 Y와 나의 머리는 불에 끄슬린 산발이었다. 그날 눈썹까지 살짝 태워먹은 선배 얼굴이 웃겼는데, 웃었다가는 정말 죽을 것 같았다.

114

그 후 Y와 나는 또라이로 불렸다. 무서운 선배는 Y를 자주 정신교육 시킨다고 불러냈다. 나보다 Y가 더 또라이이기는 했다.

왜 전화했는지 알 것 같았다. 한번 또라이는 늙어도 또라이다.

타인의 흔적 3

검은 집

내가 졸업 후 직장 생활을 시작했을 때 엄마가 진 빚이 상당하다는 걸 알았다. 월급으로 억대의 빚을 갚는 것은 언감생심이었다. 퇴근 후 밤에는 학원 강사까지 했으나 간신히 이자만 갚았다.

눈을 돌린 것이 부동산이었다. 부동산 공부를 하는 김에 공인중개사 자격증도 따두었다. 그러니까 나는 직장 생활 이외에 두 개의 부업을 가지고 있었다.

내가 공매에 관심을 두었을 때의 이야기이다. 강남 삼성동의 전용주거지역에 헐값으로 공매 주택이 나왔다. 공매란 보통 상속세를 낼 현금이 없는 자식들이 상속받은 주택을 물납하면 국가는 그 집을 팔아서 세금을 제하고 나머지

금액을 자식에게 돌려주는 제도이다. 당시 평당 4000만원 가던 집이 600만 원까지 떨어져 있었다. 100평이 넘는 집이었는데 나는 그 집을 은행에서 대출받아 매입 후 고급 빌라로 지어볼 생각을 했다. 건축업자는 분양 후 건축비를 가져가면 되는 것이었다.

그날도 비가 내렸다. 나는 퇴근 후 차를 몰아 경기고등학교 담이 있는 동네로 들어갔다. 고급 단독주택이 밀집한 동네는 조용하고 어두웠다. 그 집을 찾았을 때 대문에 어린아이 머리통만 한 자물쇠가 있어 진입이 힘들었다. 그 집 담에 차를 붙였다. 비를 맞으면서 차 위로 올라가 담장 안을 들여다보았다. 마당에 내 키만큼 풀이 자라 있었다. 나는 눈대중으로 땅의 모양새를 보았는데 네모반듯했다.

그리고 집을 보았다. 집이 이상했다. 불에 탄 것 같았고 2층 유리창이 전부 깨진 검은 집이었다. 차에서 손전등을 꺼내 2층을 이리저리 비추었다.

사람이 있었다.

중년의 여인이 2층 거실 깨진 창 사이로 나를 바라보았다. 여자의 얼굴이 이상했다. 화상 환자처럼 얼굴이 일그러져 있었다. 사람이라면 그쪽에서 나를 보고 놀라야 맞았다. 빗속에 여자의 머리가 담 위로 올라왔으니 반응이 있어야 하는 것이다.

여자가 반응을 했다. 입을 동굴처럼 크게 벌렸는데 소리가 없었다. 고통스러워 보였다. 나는 담에서 내려와 시동을 걸었다. 차키가 제대로 구멍을 찾지 못했다. 손이 덜덜덜 떨렸다. 정신이 나가서 집에 어떻게 돌아왔는지 알 수 없다.

그러나 나는 돈에 미쳐 있었다. 아버지를 돈 때문에 잃었는데 엄마마저 잃을 수는 없었다.

낮에 그 집을 다시 찾아갔다. 햇빛 아래 그 집은 여전히 불에 타 유리창이 전부 깨진 상태였다. 사람이 살지 않은 지 오래된 집이었다. 강남 한복판 비싼 동네에 이런 집이 있다니 기이하고 느낌이 아주 나빴다. 옆집에서 일하는 여자가 쓰레기봉투를 가지고 나왔다. 나는 깍듯하게 인사를 하고 이 집에 언제 불이 났는지 물어보았다. 여자가 한참 나를 보더니 '살인 사건이 난 집'이라고 했다. 옆집 여자는 조선족이었다.

3년간의 신문 기사를 스크랩했다. 미국 유학 중 돌아온 아들이 밤중에 부모를 살해하고 불을 지른 집이었다. 나는 다시 한 번 더 그 집을 방문하고 마음을 접었다. 분명히 돈을 크게 벌 수 있었으나 내가 본 그 여인의 고통이 너무 컸다. 대학생이던 동생은 재산을 물려받자 부모가 칼에 난자당하고 불에 태워지기까지 한 집을 상속세 대신 물납하고 어디론가 이사를 가버렸다.

기가 막힌 얘기를 들었다. 그 집을 공매로 산 일가족이 집수리를 하고 입주했는데 교통사고로 다 비명횡사했다는 것이었다. 그 집은 하얗게 칠해져 사진 스튜디오로 바뀌었는데 직원들이 퇴근한 후에도 마당이고 집이고 불이 밤새도록 훤했다. 그리고 얼마 전에 다시 그 동네를 방문했을 때 그 자리에 신축 건물이 지어지고 있었다.

얼굴이 녹아내린 중년 여인을 떠올렸다. 입을 동굴처럼 벌리고 나를 보던 그 여인의 고통이 전해져서 나도 고통스러웠다.

나는 그 집을 포기하고 비슷한 다른 집을 골라 빌라를 지어 분양했다. 직장 생활을 하면서 건물을 짓는 것은 힘들었지만 좋은 건축사를 만나 순조로웠다. 빚은 한 번에 갚았다. 엄마와 형제들은 빚을 갚던 날 저녁을 먹다가 울먹였는데 나는 아버지를 생각했다.

산 사람이 더 무섭다는 말은 나를 두고 한 말인지도 모르겠다. 그 여인도 내 눈에서 산 사람의 독기를 봤을 것이다. 가난한 집에서 태어난 형제들은 가난은 대물림되는 거라 노래를 했지만 가난한 건 그들의 의식이었다.

요즘은 형제들이 아쉬운 소리를 해도 혼자 중얼거린다.

친정 사정 볼 것 없다!

서부역을
함께 걷던 그녀

서울에 오래 살았어도 지리에 서툴다. 오늘 약속 장소는 '중림동'이었다.

내비게이션에 주소를 입력하고 무심하게 차를 몰았다. 건물의 주차장 앞에 약현성당이 보였다. 나는 잠깐 눈을 껌벅거렸다. '이곳은 서부역 근처가 아닌가?' 내가 아는 후미지고 어둡던 동네가 아니었다. 내 기억 속의 서부역은 서울역 뒤쪽 어둡고 우중충한 곳이었다.

허름한 자취방에 살던 친구는 가끔 갈 곳 없는 나를 재워주었다. 입주 가정교사 자리를 구하기까지 내가 빌붙었던 친구는 영세 공장의 경리였다. 야근하고 돌아온 친구 옆에서 나는 불을 켜놓고 책을 보았다. 불을 꺼야 깊이 잠이 들런만 철없던 나는 내가 세상의 중심이었다.

생각하면 나는 그녀를 착취하지 않았나 싶다. 얄팍한 봉급으로 월세를 내고 집에 돈을 보내는 가난한 경리에게 나는 밥을 얻어먹었다. 그녀보다 더 가난했으면서 공부한다는 이유로 뻔뻔했다. 내가 지금 여기 있지만 너와 갈 길이 다르다는 우월감이었을 것이다.

보름 정도 그녀의 방에 빌붙어 살았던 것 같다. 입주 자리가 나서 떠나기 전날 우리는 저녁을 먹고 산책을 나갔다. 나는 책을 봤으면 싶었는데 그녀가 바람을 쐬러 가자고 했다. 가파른 계단이 있는 골목길이었다. 그녀의 집이 중림동인지 만리동인지 기억은 희미하다. 제법 걸어서 간 곳이 약현성당이었다.

무슨 얘기를 했더라? 신이 준비한 우리의 앞날에 관한 대화는 아니었을 것이다. 어디선가 바람에 실려 온 꽃향기만 후각으로 기억하고 있다.

내가 당당하게 밥을 얻어먹은 사람들은 가난한 사람들이었다. 비겁한 나는 부자 친구가 사주는 밥은 주눅 든 얼굴로 얻어먹었다. 왜 가난한 자가 주는 밥은 양심의 가책도 없이 얻어먹었을까? 몇 배로 돌려줄 수 있다는 자신감이었을까?

나는 돌려주지 못했다. 앞만 보는 직진형인 내게는 돌아볼 얼굴이 없었다. 이제 고개 돌려도 그녀는 없다. 동네 친구였던 그녀는 동네처럼 사라졌다.

나는 미팅을 끝내고 천천히 차를 몰아 약현성당 앞에 잠시 섰다. 뇌가 기억 속의 꽃향기를 불러왔다. 화려해진 서부역이 그때의 서부역이 아니듯 나도 그때의 내가 아니었다. 나는 아직도 성당 앞에 서 있는 20대의 나에게 고개를 끄덕였다.

안녕.

세상의
밥 한 공기

대학 시절 여의도 아파트에서 입주 가정교사로 있을 적의 일이다. 주인은 사업을 하는 분이었는데 어느 날 가구에 빨간 딱지가 붙더니 파산을 했다. 졸지에 일하던 가정부와 나는 짐을 싸야 했다. 학생의 엄마는 좋은 분이었는데 두 달만 기다리라고 했다. 자기 동창이 입주 가정교사를 구하는데 선생이 곧 군대를 간다는 것이었다.

방을 구할 동안 자취하는 친구 집에 잠시 머물렀는데 불편했다. 남자친구가 들락날락거리니 친구도 나도 서로 가시방석이었다. 눈치 없이 일주일을 머물렀으니 친구의 애인은 나를 죽이고 싶었을 것이다. 열받은 친구의 애인은 술을 마시고 한밤중에 찾아와 친구와 말다툼을 했다. 두 달간 빌붙으려던 나의 계획은 내게 가자미눈을 보이는 찌질이 때문에 무산되었다.

5일째 되던 날 그는 책을 보던 내게 비스듬히 앉아서 언제 나갈 거냐고 직격탄을 날렸다.

"그게 왜 궁금한데?"

나도 같이 말 폭탄을 날리니 친구만 좌불안석이었다. 다음 날로 월세만 내는 방을 얻었다. 책 보따리를 싸면서 친구에게 밑밥을 깔았다.

"너 그 사람을 믿니….."

"왜?"

아무 말도 하지 않았다. 불안해하는 친구의 눈빛을 보면서 의기양양하게 나왔다. 의심이야말로 풍작이 가장 확실한 종자였다. (미안하다, 찌질이.)

급히 얻은 방은 신촌 창천동의 허름한 가옥이었다. 다닥다닥 방이 붙어 있어 옆방의 소리가 다 들렸다. TV소리, 싸우는 소리, 부르는 소리….

마당에서 수도를 함께 썼다. 양치질을 하던 젊고 수상한 여자들이 나를 경계했는데 나는 이사를 잘못 왔음을 깨달았다. 두 달만 버티면 된다고 생각했다. 아침에 나가서 도서관이 문을 닫을 때까지 있다가 집으로 돌아왔다. 그녀들과 마주치지 않는 방법이기도 했고 사실 그녀들은 오후가 되면 어디론가 사라졌다.

문제는 밤 2시가 넘은 시각에 있었다. 옆방에서 싸우는 소리가 밤마다 들려서 나는 거의 미칠 지경이었다.

"삥땅친 거 내가 모를 줄 알아?"

"뒤져봐, 뒤져봐! 신발 밑창까지 까보면 될 거 아냐!"

그리고 둔탁한 소리, 비명…. 처음엔 여자가 남자 돈을 훔친 줄 알았다. 가끔 수돗가에서 이빨 사이로 침을 찍 내뱉는 남자를 보았는데 본능적으로 느낄 수 있었다. 나쁜 놈이었다.

그러거나 말거나 내 코가 석자였다. 입주 자리가 생각보다 늦어졌고 그룹과외는 한 달을 기다려야 했다. 그 집 처마는 양철이었다. 비가 오면 양철지붕 위로 비가 우다다다 뛰어다녔다. 비는 미친 듯 뛰고 생각나면 또 다시 뛰었다. 밥상을 놓고 공부하던 여름밤이 지옥 같았다.

내 머리는 언제나 분노로 뜨거웠다. 맨발로 마당에 나와 비를 맞았다. 밤 1시가 넘으면 하나둘 여자들이 돌아왔다. 마당에 서 있는 나를 보고 깜짝 놀라기도 했지만 나는 투명 인간이었다. 생각하니 당시 먹는 것도 부실해서 영양실

조 상태로 눈빛만 살아 있었다.

어느 날 아침 몸이 무거워서 일어날 수가 없었다. 그대로 혼곤한 잠 속으로 빠져들었다. 계속 자고 또 자고 눈을 떴지만 몸이 말을 듣지 않았다. 그때 나는 죽을 수도 있겠다고 생각했지만 움직일 수가 없었다.

나중에 알았지만 나는 사흘을 앓았다. 사흘째 되던 날 문이 열리더니 밥상이 들어왔다. 매일 그 나쁜 남자에게 얻어맞고 돈 뜯기던 옆방 여자였다. 김치찌개 냄비에 밥 한 공기였지만 내 평생 그토록 맛있는 밥을 먹어본 적이 없었다. 밥을 해 먹은 기미는 없고 끙끙 앓는 소리가 들리더라는 것이었다. 내가 멍하니 밥상 앞에 앉아 있으니 문을 반쯤 열어놓고 담배를 피우던 여자가 혼자 먹으라며 나갔다. 배려였다.

나는 맹렬하게 수저질을 했는데 슬프지도 않았건만 눈물이 혼자서 흘러내렸다. 여자는 나보다 두 살이 많았다. 이름은 애숙이고 고향이 전라도 어디라고 했는데 기억나지 않는다. 밥 한 공기의 인연으로 애숙이는 가끔 밤 1시가 넘어 내 방문을 두드렸다. 책을 보고 있으면 혀가 꼬부라진 소리로 무슨 책이냐고 물었다. 나는 그녀가 알아듣든 알아듣지 못하든 책 내용을 얘기해줬다. 나쁜 남자는 내 방에 있는 애숙이에게 빨리 나오라고 소리를 질렀다. 마당에서 소리를 지르면 다른 방에서 같이 소리를 질렀다.

"시끄러워!"

이상한 것은 그 나쁜 남자가 나를 어려워했다는 것이다. 생각하니 그렇게 나쁜 사람도 아니었던 것 같다. 배운 것이 여자들에게 기생해서 사는 유흥가 주변의 바퀴벌레 방식이었던 것이다.

나는 창천동에서 세 달을 살았다. 입주 자리가 나와 보따리를 싸던 날 애숙이가 내게 말했다.

"잘 가. 어딜 가든 굶지 말고."

"응."

그때 왜 나는 두 살이나 더 많은 여자에게 언니라고 부르지 않았던 걸까? 직업이 그래서? 생각 없이 사는 무뇌충 같아서?

나는 내가 살아온 것이 나 혼자의 힘이 아니라는 것을 잘 안다. 술집 여자의 밥 한 공기 같은 도움을 알게 모르게 받고 살았다. 내가 사람의 직업이나 계층을 보지 않고 인간성을 보게 된 것도 그때부터였다.

한때 그녀를 찾으려 한 적이 있었다. 갚아야 할 밥 한 공기가 있었기 때문이다. 그러나 흔적도 찾지 못했다. 그 직업의

종사자들이 흔히 그렇듯 애숙이도 가명이었을 것이다.

밤에 비가 내리면 빗방울이 우다다다 뛰어가던 양철 처마가 기억난다. 빗소리가 내 분노를 일깨우듯 그녀의 기억을 다시 깨웠다. 어디서 무엇이 되어 살고 있을지 모를 그녀를 위해 기도한다.

당신에게 하느님의 축복을.
세상의 모든 애숙이에게 축복을.

덧) 친구는 찌질이와 헤어졌다. 그때는 어려서 은혜도 갚고 원한도 갚아야 한다고 생각했다. 그 친구는 마음 넓은 남자를 만나 결혼해서 잘살고 있다.

내가 두고 온
판타지

문득 오래전에 내가 두고 온 것을 생각한다.

아주 오래전 동호회 선배가 있었다. 집중하면 미쳐 돌아가는 내 모습이 좋다고 주변에 말하고 다녔다.

"그 애의 광적인(?) 모습이 너무 좋아!"

"쉽지 않을걸요?"

친구의 걱정스러운 조언에도 그는 작전에 돌입하였다. 내가 어떤 일에 전념하고 몰입하는 것은 머리가 좋지 않기 때문이다. 이것도 저것도 다 완벽할 수 있는 두뇌를 가졌다면 얼마나 좋으랴. 불행히도 나는 목표를 정하면 번 아웃 될 때까지 열정을 쏟는데, 선배가 보기에 연애도 그러하리라 혼자 짜릿해진 것이었다.

선배는 '궁금증 유발 하라리' 식으로 접근했다. 주변에 서성거리다 어질러놓은 탁자를 정리해 준다든가, 약간 시선을 벗어난 자리에 앉아 눈을 맞춘다든가, 내가 준비한 자료에 보강 자료를 슬쩍 올려둔다든가, 있는지 없는지 무해한 듯 유익한 존재로 각인을 시킨 후 갑자기 사라져 문득 궁금하게 만드는 수법이었다.

　　그는 지구력이 상당했는데 그렇게 몇 개월을 봉사하더니 데이트 신청을 했다. 나는 평소의 고마움으로 같이 뭘 먹어야겠다고 생각했다. 저녁을 먹고 그가 무엇을 하고 싶으냐고 물어서 책방에 가자고 했다. 그와 대형서점에 갔다. 그때 동선을 같이해야 했다. 그는 정치경제 코너에서 책을 골랐고 나는 문학 코너에 있었는데 그만 혼이 나가버렸다. 나는 책 다섯 권을 계산하고 집에 가버렸다.

　　다음 날 저녁 무섭게 화난 얼굴의 선배를 만났다. 변명이 성격에 맞지 않는 관계로 죄송하다고 사과했다. 집에 무슨 일이 있었느냐고 했는데 아무 일도 없었다고 했다. 그런데 왜 말도 없이 갔느냐고 했다. 다시 또 사과했다. 질문이 잘못되었는지 사과가 잘못되었는지 계속 되돌이표를 그렸다. 애인을 두고 잊어버리고 간다는 게 말이 되느냐고 했다.

"애인이라뇨?"

그때부터 언쟁이 시작되었다. 격앙된 그는 말싸움에서 이길 수 없었다. 선배는 6개월간 내 주변을 얼쩡거렸던 것도 연애라고 생각하고 있었다.

"사랑하는 사람이라면 제가 두고 갔을 리 없죠. 우리가 언제부터 애인이었어요?"

이게 아닌데… 속으로 후회했다. 평생 연애다운 연애를 하기 글러먹었다는 걸 그때 깨달았다. 내 입은 본의와 관계없이 막 나갔다. 갑자기 테세우스를 이해했다. 그는 미노스의 괴물을 죽이고 아리아드네와 도망쳤지만 섬에 버려두고 떠났다. 사랑이 아니었던 것이다. 사랑했다면 두고 갈 리가 없었다.

그가 흥분해서 내게 '나쁜 계집애'라고 했는데 그 소리를 듣자마자 일어났다.

연애에 대한 판타지가 있었다. 햇빛이 있는 강변이나 숲속에서 광합성을 하고 싶었다. 베개처럼 편한 남자의 팔이나 배 위에 머리를 올려놓고 누워서 책을 읽고 싶었다. 햇빛은 나뭇잎에 어른거리고 바람이 내 볼을 만지고 지나가는 꿈 말이다. 이룰 수 없으니 판타지인 것이다.

인생극장 5부작

위대한 면서기

나의 친할머니
조쪼깐 씨

옛 부모들은 자식의 재운과 명예를 위해 정성을 다해 이름을 지었다. 주로 아들의 이름을 그리하고 상대적으로 딸의 이름은 대충 지은 듯하다. 내가 아는 극과 극의 이름이 나의 두 할머니였다. 친할머니는 팔삭둥이에 아홉 남매의 막내로 태어났다. 젖도 말라서 암죽을 먹였는데 도대체 키가 클 생각을 하지 않았다. 그래서 얻은 이름이 '쪼깐이'였다. 사람 되기 틀렸다고 출생신고도 하지 않았다.

소녀가 된 쪼깐이는 어느 날 닭장에서 훔친 계란 몇 알을 들고 면사무소를 찾아갔다. 면서기에게 '풍양 조씨, 쪼깐입니다.' 공손하게 말하고 계란을 올려놨다. 꼬마 같은 소녀가 나이배기라는 것에 놀라고 영민함에 놀라고, 면서기는 여러 번 놀랐다. 한문의 뜻을 물어 흡족한 이름을 지었으니 '조조간趙早揀'이었다. 이를 조부에 가릴 간揀이었으니 팔삭둥이에 어울렸다. 할머니는 '남들보다 일찍 사물을 가렸다'는 영재로 자가 해석했는데 자부심이 대단했다. 그래도 쪼깐이는 쪼깐이였다. 혼인하는 날 쪼깐이를 처음 본 할아버지는 신부의 행방을 물었다고 한다.

살림이 넉넉했지만 외할머니의 엄마는 자식을 여덟이나 사산했다. 영험한 만신을 찾아가니 당신 사주에 자식이 없지만 딸은 있을 것이라고 했다. 처방은 딸을 낳으면 귀신 귀鬼 자를 붙이는 것인데, 귀신이 동료인 줄 알고 그냥 지나간다는 해괴한 논리였다.

첫딸을 낳았을 때 '귀딸이'라 불렀고 둘째 딸을 낳았을 때 '또귀딸이'라고 불렀다. 그가 나의 외할머니다.

나는 어린 날 이 얘기를 듣고 딸이 자식의 범위에 들지 않는다는 말에 충격을 받았다. 또귀딸 씨 집안은 면서기에게 딸 이름을 위임했는데 한문 이름에 짜증이 보였다. 진주 강씨 또귀딸은 강도귀달姜都鬼達이 되었는데 해석하자면 '우두머리 귀신까지 올라간다'는 뜻이었다. 출세가 약속된 이름이었다.

내가 초등학교 2학년 때 두 할머니가 집에서 맞닥트렸다. 그들은 각자 이름대로 말싸움을 했다. 강도귀달 씨는 귀신 두령처럼 소리를 버럭버럭 질러가며 당신 아들이 내 딸을 고생시킨다고 퍼부었다. 그러자 조조간 씨는 조곤조곤 당신 딸의 팔자가 박복해서 내 아들이 더 고생한다는 논지를 펼쳤다. 나는 두 할머니의 언쟁을 감동으로 바라보았다. 위대한 면서기들이 할머니들에게 주술을 건 것이었다.

강도귀달 할머니는 늙어 중풍에 걸려 누워서도 고래고래 소리를 지르고 욕설을 퍼부었다. 그 소리가 가히 귀신을 호령하는 듯했다. 자존감이 대단했던 조조간 할머니는 돌아가시기 전날 평소보다 저녁을 배불리 먹었다. 먼 길을 가려면 잘 먹어야 한다고 해죽 웃고 잠자리에서 편안하게 떠났다. 이름 그대로 일찍 자신이 떠날 것을 예지한 이별이었다.

갑자기 조조간 할머니가 그립다. 내가 초등학교 아이들에게 전국에서 경상도 밀양의 면서기가 가장 뛰어나다고 우긴 것은 쪼깐이 할머니 때문이었다. 내겐 위대한 면서기가 없었다!

여자가 아닌
며느리

나의 친할머니 조조간趙旱揀 씨는 이름에 드높은 자부심이 있었다. 면서기와 머리를 맞대고 한자의 훈음訓音을 스스로 찾아 지었기 때문이다. 생각하면 밀양 면서기의 위대함은 인내심에 있었던 것 같다. 면서기가 이름을 한자로 쓸 때마다 쪼깐이는 뜻을 물어 거절의 의사를 분명히 하였다. 요즘 같으면 어림 반 푼어치도 없는 일이 면사무소에서 벌어진 것이다. 계란 한 줄을 작명료(?)로 미리 받은 면서기는 쪼깐이가 악질 민원인일 줄 정녕 몰랐던 것 같다.

할머니에겐 사람 팔자 이름대로 간다는 신념이 있었다.

'보아라, 어른들이 쪼깐이로 불러 내 키가 이리 쪼깐하지 않으냐!'

어린 나는 단번에 설득되었다. 내가 '아름다운 구슬'이 되어 굴러(?)다닐 것을 생각하니 골치가 아팠다. 무엇보다 조조간 씨는 자신의 의지와 상관없는 혼인에 분개했다. 할아버지는 첫날밤 남들 클 때 뭐 했냐고 할머니를 다시 쪼깐이로 만들어버렸다.

비록 크다 말았지만 쪼깐이는 총명하고 바지런했다. 허우대만 멀쩡하고 생활력 없는 한량 남편을 비웃었다. 조조간 씨는 첫날밤 혼인이 '나가리'란 느낌에 어금니를 물었다고 했다. 할머니는 어린 나를 붙들고 사내놈에게 기대하면 안 된다는 대남성관을 주입시켰다. 우리 집안 여자들의 금과옥조인 '그놈이 그놈이다'는 그렇게 탄생되었다. 인물 뜯어먹고 살지 못한다는 말씀도 부록으로 첨부되었다.

할머니의 정신 승리는 남자를 무시함으로써 완성되었다. 지아비에게 도도했고 아들들에게 자상했다. 나는 아들도 남자인데 왜 며느리인 엄마만 구박하느냐고 물었다. 그러자 돌아온 답변은 "아들은 남자가 아니다!"였다. 할머니의 논리에 따르자면 며느리에게 아들을 맡긴 것은 나 대신 좋은 엄마 노릇을 하라는 뜻이었다. 나는 또 단번에 설득되어 엄마가 아버지를 잡도리하면 쪼깐이로 빙의되었다.

"남편이 아니고 아들이라 생각하면 안 되는가?"

날아오는 빗자루를 피해 맨발로 뛰면서 시어머니인 조조간 씨의 논리를 분석했다. 고부간의 갈등은 바로 인식의 차이에 있었다. '남자가 아닌 아들'과 '아들이 아닌 남자'와의 괴리였다.

나는 이후 할머니의 주장을 의심하기 시작했지만 무능한 지아비에게 어떤 기대도 없이 자식 여섯을 먹이고 입힌 조조간 씨의 고군분투 인생기를 추앙하지 않을 수 없었다. 할머니는 초등학교 3학년인 나와 걸을 때는 같은 키의 짜리몽땅 쪼깐이였지만 사람들과 이치를 따질 때는 풍양 조씨 남원공파 조조간 씨였다.

할머니는 한량인 할아버지가 밖으로 나돌 때도 억센 시어머니에게 효도했다고 들었다. 나는 그것이 '남자가 아닌 아들'을 낳게 해준 고마움이 아니었을까 싶었는데 연대감이었는지도 모르겠단 생각이 들었다. 할머니는 엄마를 '여자가 아닌 며느리'로 여겼던 것 같다.

그러나 엄마가 누구인가? 바로 귀신을 호령하는 외할머니 진주 강씨 은열공파 강도귀달姜都鬼達 씨의 딸이 아닌가? 게다가 엄마는 딸만 셋을 둔 부농의 둘째 딸이었다. 진주에도 위대한 면서기가 있었다!

나의 외할머니
강또귀딸 씨

나의 친할머니 쪼깐이는 몰락한 양반의 아홉 남매 막내로 태어나 도태되지 않으려 피 터지는 자구 노력을 해야 했다. 반면 나의 외가는 부농이었지만 손이 귀한 집안이었다. 외증조부는 처첩을 거느렸지만 겨우 딸 둘만 건질 수 있었다. 선대에 죄가 많아 귀신이 자손을 보는 즉시 족족 데려간다는 만신의 말을 듣지 않을 수가 없었다. 그리하여 만신의 진두지휘하에 전략과 전술을 세우고 아이가 태어나자마자 귀신 귀鬼 자를 붙여 잡귀들을 혼란에 빠트렸다.

첫 딸 귀딸이에 이어 마침내 나의 외할머니 또귀딸이 세상의 빛을 보았다. 또귀딸 씨의 전언에 따르면 아기 때부터 산삼을 입에 달고 살았다고 했다. 나는 외할머니 얘기에 녹

용튀김, 웅담졸임, 곰발바닥 무침, 산삼나물도 밥상에 올랐으리라 상상했다. 충분히 그러고도 남을 집안이었다.

물질이 풍족하면 예술이나 학문에 치중하련만 외가는 물질은 물질로 즐겼다. 친가인 쪼깐이 집안은 가난했지만 풍류와 학문이 있었다. 남자 어른들이 학문을 논하며 술을 마시고 노년층은 시조를 뽑고 청년층은 악기와 노래로 예술을 즐기는 풍경이었다. 마지막은 멱살잡이 쌈박질로 균형을 맞췄다. 대체로 열정적이었다.

반면 외증조부는 돈도 벌고 첩들까지 처신해야 해서 시간이 없었다. 그리하여 딸들의 출생신고를 본처인 외증조모에게 맡겼다. 돈은 오직 가족을 위해 써야 한다는 확고한 경제관념을 가진 그녀는 맨손으로 면사무소에 갔다. 마을의 유지 안주인이 위엄을 보여도 면서기는 먹잘 것 없는 일이 귀찮았던 것 같다. 나의 외할머니 이름에 귀할 귀貴로 써도 될 것을 기어이 귀신 귀鬼를 붙여 강도귀달姜都鬼達로 만들었다.

자손을 보기 위해 열과 성의를 다했던 외증조부가 기력을 다하여 일찍 세상을 떠나자 외가는 풍요로운 여인 천국이 되었다. 그리하여 외증조모는 딸 둘의 혼사를 민며느리 같은 데릴사위로 낙점했으니 신의 한 수였다. 특히 나의 외할머니 강또귀딸의 신랑은 밀양 박씨 양반의 후손으로 일찍 조실부모하고 먼 친척 집에 얹혀살았는데, 새벽부터 저녁까지 사래 긴 밭을 혼자 갈아내는 기염을 토했다. 소처럼 일도 잘하고 성격도 순둥순둥해서 외증조모가 보기에 몹시 흡족했다.

무엇보다 박씨 총각의 치명적인 매력은 고아라는 것이었다. 그는 어릴 때 한학을 배운 적이 있어 부잣집 사위가 되면 다시 책을 손에 잡을 걸 기대했다. 그러나 여인 천국에서 원한 건 일 잘하는 소였다. 타고난 성질대로 살았던 강또귀딸은 눈치도 없고 빈티마저 흐르는 소가 마음에 차지 않았다. 외할머니는 산삼과 녹용으로 뼈를 키워 신체적 조건은 우월했지만 요리를 할 줄 몰랐다. 아랫것들이 음식이며 빨래며 다 해다 바쳤기에 할 줄 아는 것이 없었다. 혼인 후 분가했을 때 외할아버지는 일도 하고 음식도 해야 하는 초유의 사태에 이르렀다.

그러나 또귀딸에게 강력한 유전자가 있었으니 돈 냄새의 방향을 정확하게 감지하는 것이었다. 그녀는 남편 소에게 일본으로 가야 하니 짐을 싸라고 지시했다. 그 무렵 쪼간이도 일본의 신문물을 자식들에게 가르쳐야 한다고 생각했다. 이 두 가문이 일본 오사카에서 사돈이 될 줄 누가 알았겠는가!

강또귀딸 씨는 딸만 셋을 낳았는데 물려받은 재산 위에 일본에서 또 부를 쌓았다. 딸들은 영양 과다 환경에서 당시로서는 엄청난 장신인 167cm로 성장했다. 나의 엄마인 고봉광자 씨는 달리기 선수였고 큰이모는 앞에서 깃발을 드는 기수였다. 그리고 이 집안은 철저한 생계형 물질 축적파였다.

아들에게 학문과 예술과 과학을 가르쳐 기술자로 성장시킨 쪼깐 씨의 레이더망에 밀양 박씨 가문이 걸려들었다. 평생 왜소한 몸피로 열등감에 시달렸던 그녀에게 유전자를 개선할 수 있는 절호의 기회였다. 돈 많고 아들 없고 체격 좋은 딸부잣집이지만 어딘지 허술하다는 불길한 예감이 들었다고 했다. 그러나 가장 치명적인 쪼깐 씨의 실수는 아들의 자존심을 간과한 것이었다!

쪼깐 씨와
또귀딸 씨의 '탐색전'

쪼깐이 할머니는 한번 뜻을 품으면 무서운 집중력을 보였다. 그야말로 용의주도하고 주도면밀했다. 그녀의 장점이 유감없이 드러난 사건이 '밀양 박씨 가문 탐색전'이었다.

우선 그녀는 정찰전에 적합한 체형으로, 눈에 띄지 않으면서 다람쥐처럼 날아다녔다. 거기다 타고난 바지런함으로 동에 번쩍 서에 번쩍 했다. 박씨 문중의 세 딸에 대한 정보를 수집하고 기록하고 분석하고 탐구했다. 첫딸은 사납고 거칠지만 이미 정혼자가 있었고, 고집불통 막내딸은 성질대로 안 되면 길에서 등걸레질을 하는 것으로 유명해서, 둘째 딸이 제일 낫다는 결론도 끌어냈다.

그녀는 백주에 대문 틈새로 박씨네 집 안을 훔쳐보기에

이르렀다. 그날 쪼깐 씨가 받은 충격은 엄청났다. 마당에서 소 같은 남정네가 큰솥에 군불을 때더니 소대가리를 꺼냈다. 칼로 대가리살을 발라내어 쟁반에 담으면서 소 울음소리를 내었다. 그러자 말 같은 딸년들이 우루루 튀어나와 입을 벌려 고기를 받아먹더라는 것이었다. 게다가 딸들의 어미인 말대가리같이 생긴 년이 곰방대를 피며 구경을 하더라고 했다. 쪼깐 씨는 그 소가 집안 어른이 아니고 머슴인 줄 알았다고 했다.

밀양 박씨 충렬공파의 후손인 외할아버지는 어린 날 부모를 잃고 입에 풀칠도 못 하다가 부잣집 사위가 되었으니 죽으라면 죽는 시늉도 할 수 있었다. 무엇보다 밀양 박씨는 가부장제에 발을 맞춘 외부의 표시일 뿐 실질적인 권력은 진주 강씨 은열공파 강또귀딸 씨가 갖고 있었다. 쪼깐 씨가 본 것은 '조선판 아마조네스'였던 것이다.

그녀는 독립적 주체성을 갖고 있었지만 이 상황을 이해할 수 없었다. 술 담배도 안 하고 집안 살림을 도맡아 하는 남정네는 상상해본 적이 없었다. 나의 외할머니 강또귀딸 씨는 술 담배도 잘하는 진정한 보스형으로 사람을 부릴 줄 알았다.

그날 충격을 받고 돌아온 쪼깐 씨는 불길한 예감을 애써

도리질하며 똑똑한 아들에게 돌아올 그 집의 윤택한 살림과 기골이 장대할 후손들을 생각했다. 그리고 그날 밤 기술자로 이름을 날리는 아들을 앉혀 혼사를 이야기했다. 그러나 아들에겐 유치원 선생인 일본인 애인이 있었다. 쪼깐씨는 아들에게 풍양 조씨, 아니 김해 김씨 삼현파의 가문을 위해 네 한 몸 던질 것을 간곡히 권하였다. 혼사는 김씨와 박씨가 아닌 풍양 조씨와 진주 강씨의 불꽃 튀는 여인전쟁이 되고 말았다.

축적된 자본을 무기화할 줄 아는 진주 강씨 또귀딸과 이를 쟁취하려는 도전적이고 진취적인 풍양 조씨 쪼깐이의 두뇌 싸움이 치열하게 전개되었다. 우선 매파를 넣었는데 김씨 총각의 총명함과 인기는 소문이 자자했다. 키는 160이 조금 넘는 단신이었지만 멋쟁이였고 그의 기타와 아코디언 연주도 유명했다. 또귀딸 씨는 남편 소에게 김씨 총각에 대한 정보를 수집하라 일렀는데 이는 결정적인 실수였다. 현장에서 직접 뛰는 쪼깐 씨와 집에서 보고받는 또귀딸 씨의 정보력은 다를 수밖에 없었다. 감성이 차고 넘치는 김씨 총각은 사랑에 일찍 눈을 떠 이미 애인이 있었고, 우직한 박씨 처녀 또한 사각모를 쓴 친구 오빠의 쌍꺼풀에 넋을 빼앗긴 상태였다.

쪼깐 씨와 또귀딸 씨는 자식들의 저항을 가볍게 제압하고 혼사를 추진했다. 그러나 처가의 재산은 '하는 거 봐서' 떼어주겠다는 복병을 만나게 되었다. 갸름한 얼굴과 여린 몸피의 여인을 사랑했던 김씨 총각은 용가리 통뼈인 박씨 처녀를 만났다. 키도 더 크고 기골이 장대해서 보자마자 감성을 죽게 만들었다. 박씨 처녀 또한 쌍꺼풀 아닌 홑꺼풀 눈을 가진 쪼꼬만 김씨 총각을 보자 오만 정이 떨어졌다. 첫날밤 술을 인사불성으로 마신 신랑이 기절하자 열받은 신부는 안주를 남김없이 다 먹어치웠다.

진주 강씨 강도귀달 씨와 풍양 조씨 조조간 씨의 격돌은 부르주아와 프롤레타리아의 투쟁과 다름없었다. '지키려는 자'와 '빼앗으려는 자' 모두 할 말이 가득했다. 두 할머니는 그때의 투쟁이 어떻게 격돌하고 소멸하였는지 다 내게 쏟았다. 왜냐면 두 할머니의 말을 귀 기울여 듣고 맞장구를 쳐주는 조손은 나밖에 없었기 때문이다. 그녀들의 뒤에는 이름에 주술을 걸어준 진주와 밀양의 두 위대한 면서기가 있었다!

면서기의 주술

두 할머니의 갈등은 인생관과 가치관, 나아가 정치관과 이데올로기의 충돌이었다. 외할머니 강도귀달 씨 집안의 내밀한 교훈은 '아무도 믿지 말라'였다. 그녀의 아버지는 어린 시절 집안의 몰락을 두 눈으로 지켜보았다. 혈육이 굶고 병들어 죽어도 아무도 도와주는 이가 없었다.

'불신의 힘'으로 자수성가한 외증조부는 딸 둘에게 아무도 믿지 말 것을 강조하였다. 그에게 나라가 망한다는 의미는 권력이 바뀐다는 것에 불과했다. 어떤 놈이 권력을 잡든 자기 좋자고 하는 거지 국민을 위한다는 말은 개소리였다. 없는 놈은 있는 놈 걸 뺏으려 들고 있는 놈은 더 가지려 든다고 가르쳤다. 철저한 경제관념과 불신 교육 속에서 성장한 강또귀딸 씨는 냉소적이 되었다. 딸들에게 남긴 부친의 유언은 '목숨은 내놓아도 땅문서는 내놓지 말라'였다. 거지로 빌어먹고 능멸당하며 사느니 차라리 죽는 게 낫다는 말씀이었다.

부친이 타계하자 여자만 사는 집의 재산을 탐내는 도둑놈들이 주변을 맴돌았다. 진주 강씨 집안의 여자들이 택한 재산 사수와 안전 보호 장치가 혼인이었다. 영악한 그녀는 남자가 가족이 되는 순간 코 뚫린 소처럼 끌려다닐 것을 알았다. 사고무친 온순한 신랑을 골라 평생 노동력을 무상 착취하며 사는 것이 전략의 일환이었다. 좋게 말해 강또귀딸 씨의 의식 세계는 아나키즘과 코스모폴리탄이 약간 가미된 개인주의로, 누가 권력을 잡든 화무는 십일홍이요 자본만이 영원하리라는 물질 가치 중심이었다.

이에 반해 친할머니 조쪼깐 씨의 의식 세계는 확연히 달랐다. 비록 몰락한 양반이었지만 풍양 조씨 문중에서 충과 효를 배웠고, 경제엔 무능했지만 술만 취하면 망한 나라를 위해 통곡하던 지아비가 있었다. 그리고 모두 일본으로 떠날 때 남편은 내가 할 일을 찾았노라 홀연히 만주로 떠나 행방불명이 되었다. 조쪼깐 씨는 나중에 면서기에게 돈을 몇 푼 쥐어주고 사망신고를 했는데 혹시 자식들의 장래를 망칠지 모를 그 무엇 때문이었다고 했다.

적어도 조조간 씨는 인간의 삶 속엔 물질을 뛰어넘는 그 무엇이 있다는 믿음이 있었다. 개인이 아닌 집단과 민족에 대한 정체성이 있었고 나아가서 여자도 인간이라는 자의식이 있었다. 그러니 그녀의 눈에 고리대금으로 비싼 사채를 놓아 부를 축적하고 땅을 뺏어 지주가 된 강또귀딸의 집안이 얼마나 천박해 보였겠는가!

나는 눈을 동그랗게 뜨고 "그런데 왜 결혼을 시켰어?" 물었다. 놀랍게도 쪼깐이 할머니는 내게 '뉘우칠 기회'라는 말을 했다. 더럽게 벌었으니 깨끗하게 쓸 기회를 주는 거란 얘기였는데 그럼에도 불구하고 외가에서 볼 때 쪼깐이 할머니는 남의 재산을 탐내는 도동년이었다.

가장 큰 변수는 조쪼깐 할머니의 사랑하는 아들이자 강또귀딸 할머니의 둘째 사위인 나의 아버지였다. 자존감과 자존심이 특출했던 그는 덩치가 두 배나 크고 사사건건 눈을 홉뜨며 아름다운 음악에도 시끄럽다고 소리를 질러대는 소 같은 마누라에게 정이 가지 않았다. 효자였던 그는 극강의 인내심을 발휘했으나 마침내 처갓집에서 폭발하고 말았다. 첫째 사위와 막내 사위가 장모에게 입의 혀같이 아부하는 꼴도 재수없었지만, 재산을 떼어주지도 않으면서 줄 듯 말 듯 약 올리며 위세를 부리는 꼴을 더 이상 보아내지 못했다. 죽으면 죽었지 밀양 박씨, 아니 진주 강씨 집안의 쌀 한 톨도 받지 않겠다고 단언을 해버렸다.

"더러운 돈으로 더럽게 살다 가시지요." 하고 폭언하며 나의 엄마에게 이 집에 발걸음하면 그날로 이혼이라고 선언했다. 두 할머니의 계획이 완전 '나가리'가 된 날이었다. 사위 중에 제일 똑똑해서 늙으면 몸을 위탁할 계획이었던 강또귀딸 할머니가 말년계획을 분노로 수정한 날이었고, 재산을 주지도 않으면서 귀한 아들에게 위세를 떨었다는 말을 들은 조쪼깐 할머니의 며느리에 대한 태도가 돌변한 날이었다.

그러나 인생이 어디 계획대로 되던가?

가족을 제외한 모든 인간에 대한 불신이 기본 관념이었던 강또귀딸 할머니가 가족의 범위 속에 사위를 넣은 것이 인생 최대의 실수가 되었다. 첫째와 막내 사위가 사업을 한다고 보증을 세워 재산을 다 말아먹자 그녀는 풍을 맞아 쓰러졌다. 그리고 인간에 대한 믿음을 탑재하며 살았던 아버지는 친구들의 보증을 섰다가 식구들을 오도 가도 못 하게 만들어놓고 젊은 나이에 세상을 떠나버렸다.

강또귀딸 할머니는 우리 형제들에게 냉정했는데 그런

데도 나는 할머니 뒤를 따라다녔다. 성가셔하는데도 꽁무니에 붙은 나를 하루는 물끄러미 보다가 이렇게 말했다.

"너는 꾸준한 데가 있구나. 갑자기 다가와서 처음부터 잘하는 사람을 믿지 말거라. 그런 사람이 등에 칼을 꽂는 사람이다. 세월이 가도 변하지 않는 사람이 진짜 사람이란다."

조쪼깐 할머니는 아들의 장례를 치르던 밤 옆에 누운 내게 이렇게 말했다.

"너는 애비를 닮아 의리가 있고 외할미를 닮아 영악하구나. 똑똑하면 사는 게 고달프다."

그때 나는 초등학교 4학년이었다. 내가 두 할머니에게 배운 것은 인간에게 기대하지 않는 것이었다. 기대하지 않으니 실망도 절망도 없었다. 단지 힘이 들고 힘이 들지 않고의 차이였다. 두 할머니는 속으로 서로를 인정했던 것 같다. 그러고 보니 두 여자 다 그 힘든 세상을 당차게 살아낸 사람들이었다.

진주의 면서기는 강도귀달에게 여자이지만 귀신 두목처럼 남자를 호령하며 살리라는 주술을 걸었고, 밀양의 면서기는 조조간이 지아비가 없어도 앞날을 내다보며 후손을 잘 키워내리란 주술을 걸었다. 그녀들의 공통점은 남자들의 세상에서 남성의 권위를 인정하지 않은 것이었다.

3
마이너들의 합창

돗자리를 든
김 여사

가을밤 잠실 올림픽공원 풀밭에서 열리는 야외공연 티케팅을 했다. 리차드 용재 오닐, 유키 구라모토, 이루마, 조수미가 종합선물세트로 나오는 공연이었다. 그날따라 업무가 눈코 뜰 새 없이 바쁜데다 시간이 촉박해서 차를 끌고 갔는데 주차난 때문에 브레이크를 밟다 쥐가 날 정도였다.

　이미 오프닝 공연은 시작되었고 의자도 없을 터, 나는 트렁크에 있던 담요를 꺼내고 돗자리를 어깨에 멨다. 하이힐에 다리를 절룩거리며 기왕 늦은 거 야외 매장에서 커피도 샀다. 사람들은 이미 좋은 자리를 다 차지했고, 혼자 앉기 딱 좋은 면적의 풀밭이 보였다. 죄송합니다를 연발하며 비틀비틀 사람 사이를 지나 돗자리를 깔고 담요를 무릎에 펼쳤다.

가을밤은 깊어가고 바람이 불었다. 용재 오닐의 비올라 연주에 눈이 풀어지기 시작해서 유키 구라모토의 피아노 선율에 눈을 감았다가 조수미의 목소리에 흠칫 놀라기도 하면서 나의 아름다운 가을밤은 깊어만 갔다.

이야기는 이제부터다. 다음 날 출근하니 분위기가 이상했다. 심지어 자기들끼리 키득키득하더니 쌍화탕이 책상 위로 올라왔다.

"많이 피곤하시죠?"

이 요상한 시추에이션은 무엇인가 잠시 고민하다 선의로 받아들였다. 점심시간에 일식집으로 식사를 하러 갔는데 상사가 진심으로 걱정하는 눈빛을 내게 퍼부었다. 내가 복어찜에 젓가락질을 막 하던 참에 그가 말했다.

"건강도 건강이지만 설마 음주운전은 안 했겠지?"

이 무슨 복어 이빨 가는 소리인가 싶어 잠시 멈칫했다. 그 소리를 기점으로 여러 명이 동시에 내게 위로를 가장한 잔소리를 퍼붓기 시작했다. 옆 부서에서 회식 대신에 공연을 관람했다는 것이다. 공연이 시작되었는데 한 술 취한 여인이 돗자리를 들고 등장하더란다. 비틀비틀 몸도 못 가누면서 앉은 사람들을 막 밟고 다니며 욕설을 하더란다. 피하는 사람들 사이로 면적을 확보하고 돗자리를 깔더란다. 담요를 두르더니 술을 마시더란다. 게다가 술이 취하니 옆으로 요염하게 눕더란다. 그러다가도 연주가 끝나면 벌떡 일어나서 박수를 치고 다시 눕더라는 것이었다.

나는 억울해서 미치고 팔짝 뛰고 싶었지만 일단 이성을 찾고 설명을 했다.

"그것이 아니다. 다리가 아파서 비틀거렸고, 사람들에게 양해를 구하며 면적을 확보했다. 내가 든 컵은 커피였으며 술은 입에도 안 댔다."

꼰대가 다시 염장을 질렀다.

"좋아, 근데 돗자리는 왜 들고 다녀?"

나는 멍청해져서 입만 벌렸는데 그는 내가 탑골공원(?)이라도 간 것처럼 말했다. 나는 큰 소리로 소주를 주문했다.

"사장님, 소주 한 병만 주세요."

"아니 대낮부터 무슨 술이야?"

"아, 해장해야지요!"

즐거운
악착보살

세상천지 바쁠 게 없는 청담동 M의 엄마는 모임에서 보살로 불렸다. 온갖 입시 정보로 엄마들 머리가 피 터지는 자리에서도 그녀는 혼자 우걱우걱 빵을 먹고 차를 마셨다. 이 모임의 엄마들은 초등학교 학부모회 출신들인데 다들 비장했다. 입시 정보와 수능으로 인간의 소속 계층이 달라진다고 생각하는 그들은 주로 전업주부였다. 발 빠른 엄마들은 땡빚을 내어 자식을 캐나다나 미국으로 보냈다. 중고교를 마치고 수능과 관계없이 연세대 언더우드 국제학부나 서울대 외국 소재 고교 출신 입학 전형을 거쳐 가비얍게 당첨되는 즐거움을 누렸다.

그러나 M의 엄마는 봉은사에 열심히 기도만 올렸다. 내게 합격 기원 부적을 사주거나 기왓장을 올리는 이벤트를 펼쳤다. 고등학교 전 과정 입시 컨설팅 코디가 유행함에도 그녀는 느긋했다. 대치동의 유명한 무슨 맘에게 엄마들이 몰려다닐 때에도 부처님만 찾았다. 부처님에게 책임을 묻는 그녀의 방임으로 아들은 수시, 정시 모두 불합격하고 예비번호도 상당한 뒷자리였다. 성적이 뛰어나지도 그렇다고 못하지도 않는 어정쩡이었다.

그런데 대이변이 일어났다. M이 재수할 요량으로 Y대 경영학과에 대담하게 원서를 넣었는데 정시 합격생들이 S대에 우루루 합격하면서 민족 대이동이 일어난 것이다. 예비 합격자들이 결원을 충족했는데 M의 앞앞자리에서 끝났다. 이 대이동이 얼마나 엄청났냐면 신입생을 세 번 뽑는 것과 같았다.

문을 닫았다고 생각했는데 부처님의 축복이 내렸다. 2월도 다 간 어느 날, 또 우걱우걱 빵을 먹던 M의 엄마에게 전화가 왔다. 그녀는 우물우물 빵을 삼키면서 내게 전화했다.

"등록하라네?"

온 집안이 Y대 출신인 한 엄마는 남편에게 성공적인 자식 교육을 자랑하고 싶어 했다. 그녀는 아들을 남편의 모교 경영학과에 입학시키고자 고액 과외와 컨설팅에 돈을 쓰고, 남편 몰래 빚을 지면서 소기의 목적을 이루었다. 그러나 모임에서 빵만 먹던 엄마의 아들 합격 소식을 듣고는 몸져 누워버렸다. 그녀가 보기에 자연빵으로 M을 합격시킨 우리나라 입시 체제는 공정하지도 평등하지도 정의롭지도 않았다.

나는 그렇게 생각하지 않았다. 그녀가 온갖 정보를 얻으려 돈을 뿌렸다면 M의 엄마는 부처님께 카드를 긁었다. 수험생 백일기도, 합격등, 수능 기왓장 온갖 정성을 다했다. 생각하니 그녀가 매달렸던 보살은 '악착齷齪보살'인 것 같다. 해탈 보살들이 극락정토로 가는 배를 탈 때, 맨 꼴찌로 도착한 보살이 배를 탈 수 없자 밧줄에 악착같이 매달려 갔다고 하여 '악착보살'이다.

좋은 운은 사람에게만 있는 것이 아니고 보살에게도 있었다. 수험생이 있다면 이제 운을 한 번 믿어보자. 최소의 노력으로 최대의 효과를 노리는 것이다! 악착보살은 운문사에도 있고 봉천동 길상사에도 있다.

현란한
기도 생활

일찍이 그룹과외 시절, 쌍둥이 자매를 맡긴 교회 목사님이
계셨다. 내게 성실하고 꾸준히 전도 활동을 펼쳤는데 어떻
게 대응해도 포기할 줄을 몰랐다. 시간이 없다거나 종교관
이 확립되면 생각해보겠다는 말은 씨알도 안 먹혔다.

자매의 성적이 상승한 뒤에도 그는 교활하게 완급 조절
을 했다. 애들을 학원에 보내볼까 하는데 김 선생 생각은
어떠하냐느니, 자녀 성적으로 고민하는 교회 신자들이 참
많다느니, 다양한 미끼로 내 머리를 아프게 했다. 아마 그
목사님은 사업을 했어도 크게 성공했을 것이다.

나도 신앙생활을 사업의 일환으로 생각하고 어느 일요
일 교회를 나갔다. 예배 중 일어나 전 신자들의 우레와 같

은 박수를 받았다. 그 자리에서 중등부 담임을 맡았다. 교회는 어린 시절 크리스마스나 부활절 먹거리에 미쳐서 간 것과, 여고 때 교회 오빠에 미친 친구 응원차 따라간 것이 전부였다.

　나는 무서운 적응력으로 신앙생활을 펼쳤다. 우선 나만의 기도문을 만들었다. 목사님은 시도 때도 없이 아무나 호명해서 기도를 주도하게 했는데 이게 보통 일이 아니었다. 밤에 혼자 기도문을 작성했다.

　상한 갈대도 꺾지 아니하시고 꺼져가는 등불도 끄지
　아니하시는 아버지 하나님, 감사합니다.
　공중에 나는 새들도 굶기지 아니하시는 자비의 하나님,
　감사합니다.

　심지어 시인 릴케도 불러들였다.

　주여, 이제 때가 되었습니다. 하나님을 부정하는
　사탄의 무리를 하나님의 손에 맡기오니….

　나의 기도문은 현란하기 짝이 없음에도 신도들의 심금

을 울렸다. 가끔 약장수 같다는 양심의 가책이 들었으나 밤을 새워 성경을 삽질하듯 파헤쳤다. 부모 신도들이 자녀들 과외를 내게 맡길 거란 믿음은 무서운 암기력으로 거듭 났다.

내가 주도하는 기도는 감동적인 문장으로 기염을 토했다. 나의 기도에 눈물을 흘리는 어르신들도 있어서 이리 살아도 되나 양심의 가책을 느꼈다. 그럴 때면 나는 또 밤새 새로운 기도문을 작성했다. 내가 맡은 중학생들도 나의 기도에 새로운 삶을 살게 되었노라 울면서 간증했다. '야! 이 핏덩어리야, 네가 살면 얼마나 살았다고!' 하려다 의미심장한 미소만 지었다.

그러다 나의 앵무새 신앙생활이 끝나는 저주의 밤이 도래했다. 부흥회가 열린 것이다. 특별 초빙된 전도사님은 어떤 인간도 기도로 방언을 터트리게 한다는 영험한 분이었다. 그는 그날 밤 신자 하나하나의 머리에 손을 얹어 기도와 호통으로 방언을 터트렸다. 내가 듣기엔 무의미한 소리 현상에 불과했는데 신자들은 감동의 눈물을 흘리면서 통성 기도를 했고 일부는 두 손을 들어 할렐루야로 화답했다.

드디어 내 차례가 되었다. 그날 부흥회 전문 전도사님과 나는 최악의 밤을 맞았다. 방언이 터지기는커녕 정신이 해맑아지기만 했다. 그는 땀을 뻘뻘 흘리며 안수 기도를 하다 내 머리통을 손바닥으로 내리쳤다. 눈앞에서 불꽃이 번쩍 일어났다. 나는 눈을 뜨고 그를 바라봤는데 그의 얼굴에 땀이 비처럼 내리고 있었다.

그날 나는 결국 방언을 하지 못했다. 모두가 하는 그 방언을 나는 왜 하지 못했을까?

요즘 5층의 박 여사가 교회에 가자고 내게 전도를 한다. 지금도 달달 외우는 내 현란한 기도문을 들으면 다들 감동의 눈물을 흘릴 것 같다. 혹시 나의 달란트가 기도로 인간을 감동시키는 걸까?

공주미용실의
치정 난투극

엄마가 입원하신 걸 어떻게 알았는지 엄마의 지인들이 찾아왔다. 주로 옛 동네 사람들이었다. 기억도 나지 않는 아줌마와 할머니들의 수다로 병실은 시끌시끌했다. 옆 침상에 누워 있던 할아버지가 조용히 하라고 한마디 했다가 집단 테러를 당했다. 기운이 뻗쳤다는 둥 기력도 좋으시다는 둥 한 번 더 하면 잡아먹겠다는 둥 나중에는 나이롱환자로 몰았다. 보호자인 아들이 저녁에나 오는 할아버지는 여자들한테 집중포화를 당하고 억울했는지 중얼중얼 입속말을 했다. 여자들에게 빵과 주스를 돌리니 조용해졌다.

한 여자가 나를 모르겠냐고 했는데 기억이 나지 않았다. 나는 고등학생 때부터 집을 나가 있었다. 입주 가정교사나

자취 생활을 했기 때문에 집엔 가끔 들렀다.

"나 공주야."

잇몸을 보이며 웃는 저 웃음, 공주 아줌마였다.

경기도 외곽 신도시 그 동네 초입에 있던 공주미용실을
내가 어찌 잊겠는가. 개발이 진행되던 신도시에서도 그 동
네는 낙후되어 있었다. 공주 아줌마는 방 한 칸을 빌려 이
사를 왔다. 그 방에서 동네 여자들의 머리를 만지기 시작
했는데, 솜씨도 좋고 가격도 저렴해서 인기를 끌었다. 이
른바 야매 미용실이었다.

어쩌다 집에 들르면 엄마는 그 아줌마에게 나를 끌고 가
서 공짜로 커트를 시켰다. 억센 우리 엄마가 동네에서 짱
이라는 걸 재빨리 눈치챈 공주 아줌마는 엄마의 비위를 잘
맞추었다. 의심스러운 과거나 행실이 동네에 돌아도 엄마
가 단칼에 제압했다.

"너나 잘해, 그 입을 확 찢어버리기 전에!"

공주 아줌마는 40대 초반으로 키가 작고 뚱뚱했다. 예
쁘지는 않은데 묘하게 만지고 싶다는 충동이 일었다. 그녀
의 몸은 탄탄해서 튀어나온 궁둥이를 손바닥으로 때리면
푸르르 탄력이 느껴질 것 같았다. 한마디로 바람이 튼실한

축구공 같았다. 웃을 때는 잇몸을 왕창 드러내어 목젖까지 보여주었다. 그런데 무엇보다 눈길을 끈 것은 그녀의 옷차림이었다. 가슴에 레이스가 달리고 속이 훤히 들여다보이는 분홍색 잠옷이 그녀의 평상복이었다. 오늘 입은 빤스가 쌍방울인지 백양인지 상표를 홍보하고 다녔다. 시스루룩 드레스 잠옷을 입은 그녀에게 공주 아줌마라는 호칭은 자연스러웠다.

야매 미용실로 신고를 당한 그녀가 동네 초입의 미용실 자리를 얻었다. 방 한 칸이 딸린 미용실 자리는 쪽문이 딸린 셔터를 내릴 수 있었다. 그녀가 미용실을 얻자 낯선 남자가 가끔 들락거렸다. 엄마의 말을 빌리자면 기둥서방이었다. 그녀는 공주미용실 간판도 만들어 붙이고 구청에 신고를 했다. 당시 미용실은 담당 공무원이 현장에 나와서 면적을 측정하고 시설 기준이 맞는지 검사를 한 다음에 정식으로 허가를 내주었다.

때는 여름방학이었다.

나는 집에서 2주일 동안 엄마의 욕설과 잔소리를 처먹으며 방구석에서 책을 읽고 있었다. 입주한 가정교사 집의 가족들이 다 여행을 떠나고 없었다. 그런데 경찰차 사이렌 소리가 울렸다. 동네의 모든 것을 속속들이 알아야 하는 엄마가 번개처럼 뛰어나갔고 곧이어 아이고 아이고 소리가 들렸다. 공주미용실 앞에서 경찰들이 피투성이 남자 둘을 경찰차에 태우고 있었다. 공주 아줌마는 산발을 하고 엄마에게 도움을 요청했고 엄마는 또 내게 도움을 요청했다.

경찰서에 가서 공주 아줌마에게 들은 내용은 이런 것이었다.

기둥서방과 구청 공무원의 난투극이 벌어졌다. 지난달 허가를 신청하니 담당 공무원이 아침 댓바람에 시설을 조사하러 나온 바람에 셔터 쪽문을 열어주었다. 자다 말고 잠옷 바람으로 그를 맞았다. 그를 도와 줄자의 끝을 잡고 가로세로 면적도 재고 높이까지 쟀다. 담당 공무원은 허가를 바로 내주겠다고 했다. 괜찮은 남자 같아 고마워서 차나 한 잔 하고 가시라 손을 끌었다. 커피를 타려고 물을 끓이는데 남자가 등 뒤에서 갑자기 껴안았다. 어찌저찌 헝클어졌고 그때부터 둘이 사랑하게 되었다. 그런데 저 염병할 기둥서방 백수 새끼가 오늘 자는 와중에 갑자기 쳐들어왔다.

나는 그녀가 줄자를 들고 바닥을 어떤 모습으로 쟀을지 상상이 되었다. 궁둥이를 하늘로 치솟으며 엎드려 줄자를 댔을 것이고 높이를 잴 때 팔을 올리며 탄탄한 가슴을 내보였을 것이다. 한심한 남자가 무방비 도시 같은 여자를 침공하며 속칭 바람이 난 것이었다. 기둥서방은 바람난 년놈들이라고 손등으로 코피를 닦으며 지랄을 했는데 법적으로 아무 관계도 아니었다. 그는 가정이 있는 유부남이었다. 담당 공무원도 유부남이었다. 두 유부남이 저 축구공 같은 여자를 서로 자기 공이라고 우기다 난투극이 벌어진 것이다.

나는 엄마에게 시집도 안 간 나를 왜 이런 더러운 일에 끼게 하느냐고 경찰서 앞마당에서 악을 썼다. 지밖에 모르는 년이라고 욕만 잔뜩 먹었다. 나는 그 동네에서 유일한 대학생이었다.

담당 공무원이 근무하는 구청 부서에 전화를 했다. 직원들이 오면서 의외로 사건은 쉽게 일단락되었다. 그들은 돈을 모아 코뼈가 부러진 기둥서방과 합의를 했고 담당 공무원을 데리고 나갔다. 나는 산발한 공주 아줌마를 대동하여 밖으로 나왔고 엄마는 얘가 구청에 전화해서 힘센 사람을 불러 일을 해결했다며 위세를 부렸다. 공주 아줌마는 주먹으로 맞은 눈을 찌그러트리며 고맙다고 활짝 웃었다. 이제부터 엄마의 파마는 다 공짜일 것이었다.

동네 골목은 파자마 차림의 술 취한 남자들이 돗자리를 깔아놓고 윷놀이를 하는 곳이었다. 여자들은 공장으로 남의 집으로 일을 하러 다녔고 아이들은 보호자 없이 뛰어놀았다. 집에 있는 여자들은 같은 여자들끼리 말꼬리를 잡고 머리카락을 쥐어뜯었다. 매일 어디선가 쌈박질을 하는 이 동네가 나는 싫었다. 무기력했고 난폭했으며 동시에 뻔뻔했다. 내게 돈을 요구하는 엄마의 두꺼운 낯도 싫었다.

다시는 돌아오지 않으리라. 나는 울면서 낡은 동네를 빠져나왔다. 졸업 후에도 나는 그 동네를 찾지 않았다. 그런데 그 동네 아줌마들이 할머니가 되어 나타난 것이었다.

공주 아줌마 외에는 기억도 안 나는 여자들이 나를 기억하며 한마디씩 했다.

"딸래미가 잘됐구먼."

"내 그럴 줄 알았네."

여자들이 어떻게 병원을 찾아왔냐고 했더니 엄마가 전화를 했다는 것이었다.

"마지막이 될지도 모르니 얼굴이나 보자고 했다. 왜?"

지울 수 있는 과거는 없다. 다만 잊으려 노력할 뿐이다. 상처라고 생각했던 일들은 굳은 살로 돋아나 생살보다 튼튼해진다. 같이 안고 가야 하는 것들이다.

나는 엄마의 여인 부대를 불러 저녁을 대접하기로 했다.

혼자 사는 공주 아줌마도 불러야 하지 않겠는가!

그 시절의 두 분이 보고 싶다.

마이너들의 합창

나를 특별히 찍어 자기 부서로 발령을 낸 상사가 있었다. 악명 높은 인간이었다. 그는 내 생애 최악의 부서장으로, 부하 직원을 소모품으로 생각하는 개자식이었다. 머리에 욕심만 가득 차고 능력은 없는 인간이었다.

그는 우리 팀에서 완성한 계획이 실행에 옮겨지자 자기의 공적으로 돌려 상을 탔다. 상금도 혼자 처먹었다. 근무평정이 능력과 관계없는 모종의 거래로 평가되면서 내 분노는 극에 달했다. '상사에게 개기지 말라.' 직장의 철칙을 깨고 대판 붙었다.

싸움은 치밀해야 했지만 어리석게도 당시 난 감정에 지배당했다. 폭군은 때리는 게 아니라 죽여야 한다는 사실을 잊었던 것이다.

보복은 처참했다. 그는 승진이 확정되어 더 이상의 업무 공적이 필요 없었다. 그는 나를 괴롭히기 위해 출근하는 사람으로 보였다. 12명이던 팀원은 8명이 되었고 그나마도 핵심이 빠진 오합지졸이었다. 오기로 야근을 밥 먹듯이 하며 눈알이 돌아가게 바쁜데, 개자식이 부서별 장기자랑을 우리 팀에게 넘겼다. 별 중요한 일도 없는데 장기자랑이나 맡아 재롱이나 떨라고 했다.

'오냐, 개망신을 시켜주마.'

그러나 개망신을 시킬 직원이 없었다. 모두 업무로 충혈된 눈을 하고 있는데 누구를 시킨단 말인가.

팀원 회의를 하면서 분노를 토로한 다음 능력 없는 상사라서 미안하다 사과를 했다. 그런데 뜻밖에도 종종 자리에 있는지 없는지 존재감 확인이 불가한 40대 이혼녀와 노처녀가 손을 들었다. 다들 바쁜데 팀장님과 함께라면 노래라도 부르겠다고 했다. 남자 직원들은 미안한 표정을 지었지만 저 정도면 개망신은 될 것 같았다.

다른 부서들의 동태를 파악한 바, 뮤지컬에 클래식 기타에 힙합, 방송 댄스까지 다양했다. 그것도 주로 젊은 신입사원들의 재기를 활용한 극강의 팀이었다. 그러나 우리는 삶에 찌든 중년 여인들의 조합이었다. 나는 개망신을 표방하면서도 낙담했다. 무엇을 연습할 것인지 정하지도 못했고 더구나 본연의 업무로 다들 치이는 상태였다. 타 부서는 퇴근 후에 만나 연습을 한다는데 우리는 노래를 할지 춤을 출지도 정하지 못했다.

5일밖에 남지 않은 저녁에 퇴근 후 셋이 머리를 맞댔다. 중학생 딸이 집에서 혼자 기다리고 있는 이혼녀에게 미안했다. 우리는 노래방으로 장소를 옮겼고 각자 목을 풀고 나니 기운이 빠졌다. 셋 다 노래가 음치 수준이었다. 서로에게 실망해서 낙담한 표정을 짓는데 이혼녀가 가방에서 숟가락 두 개를 꺼냈다. 노래방의 기계를 끄더니 손바닥을 긁으며 박자를 맞추기 시작했다. 숟가락 두 개는 손바닥과 손등을 오르내리며 리듬을 탔다. 표정이 진지했다.

어린 시절 시장통 술집으로 아버지를 찾아다녔다. 아버지는 싸구려 술집에서 젓가락으로 드럼통을 두들기며 동료들과 노래를 부르거나 숟가락 두 개를 손등으로 두드리며 박자를 맞추었다. 그때 아버지는 파산해서 식구를 데리고 떠돌아다니다 남의 공장에서 막일을 시작한 참이었다. 이혼녀가 두들기는 숟가락 장단에 눈물이 났다. 그때나 지금이나 목구멍은 천길 낭떠러지, 숟가락으로 밥은 넘어가야 했다.

나는 벌떡 일어나서 아버지의 노래를 불렀다.

눈보라가 휘날리는 바람찬 흥남부두에~
똑또또로로~ 똑또또로로~

숟가락이 아버지를 불러냈다. 우리는 숟가락 장단 맹연
습에 들어갔다. 뭔가에 빠지면 거의 미쳐버리는 내가 서재
에서 밤을 새가며 숟가락을 두드리니 엄마는 욕설을 퍼부
으면서 내 광기가 섬뜩한지 혀를 찼다.

"내가 너무 오래 살았다, 이 미친년아."

우리의 연습은 극비에 부쳐졌다. 심지어 우리 부서 내에
서도 우리가 노래만 부르는 줄 알고 있었다. 우린 전혀 견
제 대상이 되지 않았다. 리허설 때도 그냥 서서 힘없이 노
래를 불렀다. 마이크를 쓰지 않겠다고 손사래도 쳤다. 입
상을 포기한, 참가에 의의를 두는 팀으로 찍혔다.

대망의 본선. 대강당 옆 화장실에서 우리는 머리를 거꾸
로 빗어 산발을 했다. 그리고 몸뻬바지를 입었다. 분장도
필요 없었다. 입술에 시뻘건 루즈만 발랐다.

타 부서들의 장기자랑은 대단했다. 댄스학원에서 관절을 꺾는 댄스를 돈 주고 배워왔다. 우리 앞의 팀은 「넬라 환타지아」를 피아노와 첼로 반주로 불러 천상의 하모니를 자랑했다.

난 단 한 번도 무대에 서본 적이 없다는 이혼녀와 노처녀를 안심시켰다.

"우리의 목표는 개망신이다!"

우리 차례가 호명되었다. 셋이서 동그란 의자 세 개를 들고 무대로 나갔다. 남자 직원들이 양은 상판이 있는 화덕을 무대 중앙으로 가져다주었다. 삼겹살 식당에서 빌려온 것이었다.

우리는 양은 상판 화덕에 둘러앉았다. 수준 있는 공연만 보다가 우리의 미친 분장에 좌중이 조용했다. 신나는 반주도 아름다운 화음도 마이크도 필요 없었다. 노처녀가 젓가락으로 상판을 두드리기 시작했다. 꽹과리의 선동 같은 불온한 알림이었다. 이혼녀와 나는 숟가락 장단을 맞추며 노래를 부르기 시작했다. 목청은 화통을 삶든 먹을 따든 크기만 하면 되었다.

눈보라가 휘날리는 바람찬 흥남부두에~
똑또또로로~ 똑또또로로~

그렇게 시작된 숟가락 메들리로 연달아 다섯 곡을 불렀다. 나는 벌떡 일어나 숟가락으로 상판을 두들기고 화덕 옆구리를 치며 노래를 불렀다. 먹이사슬의 꼭대기들이 첫 줄에 앉아 웃느라 뒤로 넘어갔다. 그 옆에서 같이 웃고 있는 개자식이 보였다.

'웃어라, 너 혼자 울게 될 것이다.'

마지막 곡은 대강당의 합창이 되었다.

난 이제 지쳤어요 땡벌! 똑또또로로~
기다리다 지쳤어요 땡벌! 똑또또로로~
혼자서는 이 밤이 너무너무 길어요~ 우두두두두두두~
당신은 못 말리는 땡벌! 똑또또로로~

젓가락과 숟가락이 대혼란을 일으키며 끝이 났다. 인사는 숟가락으로 퍽큐를 날렸다. 입상은 생각도 안 했다. 그런데 인기상과 최우수상을 먹었다. 대상은 품위를 고려했는지 넬라 환타지아 팀에게 갔다. 우리 셋은 넬라 환타지아 팀에게 다시 한 번 숟가락으로 퍽큐를 날렸다.

저녁에 상금 100만 원과 인기상의 상품권까지 셋이서 공평하게 나눴다. 다음 날 회의 시간에 개자식이 얼마 받앉느냐고 물었는데 우리끼리 먹고 떨어졌다고 했다. 개평을 바랜 눈치였던지 입맛을 쩝 다시고 말았다.

피라미드의 정점이 나를 자주 불렀다. 정보를 수집했는지 나에 대해서 아주아주 잘 알고 있었다. 내가 아이디어 뱅크라고 가끔 조언도 구했다. 개자식은 내 잃어버린 팀원들을 다시 복구해주었다. 나의 총애를 미친 듯이 받던 이혼녀는 내가 인사팀에 가서 난동을 부린 대가로 승진이 늦었고 노처녀는 중요 부서로 발령이 났다. 개자식? 그 자식은 금전 문제를 일으켜 사표도 아닌 해고로 직장을 떠났다.

바빠서 분기별로 한 번씩 만나는 우리 숟가락 팀은 소주를 반주로 저녁을 먹고 나면 노래방에 가서 숟가락을 두드린다. 물론 노래방 기계는 화면만 보이게 하고 트로트를 불러젖히는 것이다. 여자라서, 이혼녀라서, 늙은 독신녀라서 만만하게 보고 덤비는 세상에 숟가락으로 퍽큐를 날리는 것이다. 다 덤벼!

타짜
김 마담의 탄생

인사철 부서 이동이 있었다. 발령지마다 독특한 분위기가 있는데 이 부서는 깊은 물속 같았다. 심해어처럼 숨만 쉬어야겠다고 생각했다.

부서장이 개와 고스톱을 좋아한다는 정보를 취득했다. 그 개가 반려견이 아님을 곧 깨닫는 순간이 도래했다. 퇴근 무렵 그가 나를 부른 것이다.

"개 혀?"

나는 잠시 이 인간이 뭔 개소리를 하나 싶었다.

"혀봐, 맛나."

다섯 명이 차를 타고 경기도 깊은 산속으로 내달렸다. 골짜기의 허름한 가정집 식당으로 들어갔다. 군용 담요가

깔렸다. 음식이 나올 동안 친목게임으로 고스톱을 치는 줄 알았다. 예약이 된 탓에 개고기와 화투가 같이 등장했다. 먹고 치는 것이 동시다발이었다.

뻘건 입술의 아줌마가 양푼을 들고 와서 개고기를 쭉쭉 찢었다. 나는 오리고 닭이고 손으로 찢는 건 원시 수렵 시대 같아 질색이었다. 더러워도 첫인상의 위력을 아는지라 눈을 내리깔고 있었다.

광을 팔라는 엄명(?)이 떨어졌다. 대학 때 이후 화투는 쥐어본 적이 없다고 겸양의 자세를 보였다. 무지와 겸손이 그를 기쁘게 했다. 그러나 곧 내 눈은 불을 뿜었다. '초심자의 행운'이 찾아온 것이다. 화투패가 미친 듯이 쩍쩍 붙었다. 조직에서 눈치 없는 인간은 인간이 아닌데, 아아⋯ 나는 인간이 아니었다. 게다가 나는 판을 엎기까지 했다.

주섬주섬 현금을 핸드백에 주워 담으면서 지껄였다.

"이제 가정으로 돌아가셔야죠!"

해맑게 웃는 내 얼굴에 모두 말문이 막힌 듯했다.

돌아오는 차 안에서 그가 입을 열었다.

"오늘 개 맛나드만."

다음 날 그 말이 내일 또 붙자는 뜻임을 알았다. 나는 상승 기류를 탔다. 기분이 좋아져서 시키지도 않은 농담을 했다.

"갈비통이 작은 걸 보니 스피츠인가 봐요?"

무광으로 죽은 그가 뜯던 개고기였다. 무지와 겸양의 그녀는 사라졌다. 그가 실수로 떨어트린 화투를 낙장불입으로 몰아붙였다. 피박을 면하려 사슴 풍을 끼워넣던 옆 팀장은 욕박을 먹었다.

"칼침 맞고 싶은가 봐!"

계속되는 행운에 도취해서 나는 돌아버렸다. 부서장을 쥐 잡듯이 잡았고 동료들을 밑장 빼는 후레자식으로 몰았다. 그가 호승심의 인간임을 듣고도 잊었던 것이다.

사흘째 깨진 그의 "개 혀!"라는 말이 또 들렸다. 그의 눈에 핏발이 서 있었다. 비로소 실수했음을 깨달았다. 나흘째 고스톱 판이 벌어졌다. 그들은 나를 김 마담이라고 불렀다. 타도 대상은 바로 나, 김 마담이었다.

감히 상사의 돈을!

"김 마담 집 몇 채 말아먹었어?"

"타짜가 경력을 속이고 말이야~."

나는 그를 위해 손에 피도 들지 않고 '쓰리 고'를 불렀다. 뒷장에 피가 또 붙었다. 절망감으로 '포 고'를 불렀다. 머리

털 나고 '파이브 고'를 처음 불렀다. 그리고 장렬하게 산화했다. 그의 표정이 풀어졌다. 나는 독박도 피박도 아낌없이 뒤집어썼다. 그가 어느 정도 만회를 한 듯 소강상태가 되었다. 그리고 눈치를 회복한 김 마담을 애정 어린 눈빛으로 바라보았다.

그와 함께 근무한 1년 동안 보신탕집 주인과 친해졌다. 나는 광을 팔고 툇마루에 앉아서 이것저것 참견을 했다. 대바구니에 뜨거운 김을 내뿜는 개갈비를 보고 견종을 맞혔다. 주인아줌마는 나를 재수없어했다. 내가 그의 이름을 불러주기 전에 그는 다만 하나의 살덩어리에 지나지 않았다. 내가 그의 이름을 불러주었을 때 그는 나에게로 와 비로소 꼬리를 흔들었다. 진돗개가 되고 스피츠가 되고 푸들이 되고 불독이 되었다.

내가 김춘수의 「꽃」을 개로 패러디해서 읊조리면 그는 개고기 맛이 떨어진다고 지랄(?)을 했다.

"다 좋은데 말이야, 김 마담이 개를 못 하는 게 참 아쉬워."

그와 같이 치던 산속의 고스톱은 나쁘지 않았다. 초심자의 행운이 떠나고 피박과 광박을 뒤집어쓸 때면 타짜의 정 마담처럼 나도 빨간 팬티를 사 입어야 되나 잠깐 고민했다.

그는 퇴직했다. 지금은 동네 경로당 화투판에서 호승심

을 불태우려나? 할머니 정 마담을 만났을지도 모르겠다.
이제 나의 놀음(?)은 족보를 담당하는 지경에 이르렀다.
고스톱은 아무것도 아니다.

그분이 오셨다

우리 회사에 그분이 오셨다. 고공 낙하산 착륙이다. 그분의 배후가 저 높은 곳이라는 소문이 쫙 퍼졌다.

정례 조회에서 그는 졸던 직원들이 까무러칠 만큼 생목의 사자후를 토했다. 1인자보다 더 1인자 같은 2인자 때문에 당연히 1인자의 표정이 굳어졌다.

밤새워 연습해서 프레젠테이션 발표를 했는데 그분의 눈에 들고 말았다. 2인자인 그분의 방에 종종 불려갔다. 업무 관련 질문보다 주로 자기 자랑이었다. "옴마나, 세상에, 멋져요!" 리액션을 하며 얼굴 근육이 부르르 떨렸다.

어쨌든 내가 들고 가는 결재서류는 신속하게 통과됐다. 내부에서 빈축을 사는지는 몰랐다. 나도 몰래 내 별명은 김숙용, 김귀인, 김희빈으로 내명부 진급을 했다. 내시 같은 것들이 복도에서 삐죽거렸다.

그분이 국선도 사범이라는 걸 회의 때 알았다. 국선도가 득도의 경지까지 갈 수 있다는 감언과 함께 대회의실에서 매일 저녁 수행을 시작한다고 했다. 비실비실 뒷걸음을 쳤지만 그분의 마수를 벗어날 수 없었다. 나는 홍일점이었다. 내 도복만 무료였는데 그분은 허리끈을 눈알이 튀어나올 만큼 직접 졸라주었다. 모든 도반이 간부급이어서 국선도는 업무의 연장이었다. 서로 보기만 해도 피곤했다.

간접 조명과 함께 스피커에서 티베트 밀교 주문이 흘러나왔다. 처음엔 누워서 복식 호흡을 했는데 여기저기서 코 고는 소리가 들렸다. 사범인 그분은 우리를 깨우더니 복식 호흡의 정수인 단전에 힘주는 법을 가르쳤다. 때로는 직장의 2인자로, 때로는 국선도의 사범으로 우리의 무성의한 태도를 질타했다. 우리는 모두 멘붕 상태였다. 원해서 시작한 사람은 내가 알기로 아무도 없었다.

2인자는 특별히 내게 관심을 기울였는데 그것이 참 괴랄했다. 배꼽 아래 단전에 힘을 주고 복식 호흡을 하는 중에 내 등 뒤에 서서 나를 만졌다. 아랫배가 오르내리는 걸 확인

한다는 명목이었고, 자기가 원하는 대로 아랫배가 안 움직이는다고 떡 주무르듯 주물러댔다. 내 아랫배는 거의 인절미가 되었고 나는 화가 머리 꼭대기까지 났다.

불이 켜지고 나는 2인자의 눈을 노려보았는데, 헐! 너무나 평온한 눈빛이었다. 엉큼한 도둑놈의 눈빛을 생각했는데 맑고 청아하기까지 하니 진짜 도인 같았다. 간접 조명만 되면 또 도둑놈처럼 느껴지니 내 정신 상태는 말이 아니었다.

사흘째 되던 날 쫀쫀한 거들을 입는 방법을 생각해냈다. 나는 거들 중에서 가장 탄탄한 것으로 골라 입고 강습에 임했다. 2인자는 총애하는 제자의 등 뒤에 서서 또 단전을 확인했는데 아뿔싸, 갑옷이 아닌가! 아랫배는 사라지고 방탄복보다 튼튼한 갑옷이 단전을 가렸으니 그는 무섭게 분노했다. 티베트 밀교 음악도 사라지고 조명이 훤하게 켜졌다.

그는 전 도반들에게 화를 냈다. 특유의 사자후 일갈로 우리 기를 죽였다. 도를 닦을 때는 속옷을 입지 말아야 한다는 것이었다. 난닝구도 팬티도 다 벗고 도복만 입은 채 수강에 임해야 한다고 했다. 그래야 온몸의 기가 돌아 탁한 기운이 나가고 맑은 기운이 들어온다는 것이었다.

원인도 모르고 엄청나게 혼이 난 도반들은 이유가 뭔지 몰라 울분을 토했는데 차마 내 갑옷 때문이라고 말할 수 없었다. 아랫배를 지키려다 이제 속옷도 다 벗어야 할 지경에 이르지 않았는가!

2인자는 나를 여자 사범으로 키우고 싶다고 했다. 국선도의 여자 사범이라니!

나는 다음 날부터 퇴근 시각이 되면 줄행랑을 쳤다. 도반들이 거의 죽을 만큼 혼이 났다고 전해주었다. 괜히 짜증내면서 잘하고 있는 도반한테 정신 상태가 글러먹었다고 벌까지 세웠다고 했다. 도망다니면서 나는 김희빈에서 김상궁, 김무수리로 전락했다.

그러게 왜 리액션을 했는가 말이다!

그는 나를 불러 국선도를 포기하는 이유가 뭐냐고 으르렁거렸다. 거들을 포기할 수 없었노라 말하지 못하고 암시랑토 않는 집안에 일이 생겼다고 했다. 그가 더 높은 곳으로 영전을 가면서 국선도의 길은 내게서 끝이 나고 말았다. 직장 국선도 동호회도 흐지부지되고 말았다. 이후 나는 누가 국선도를 한다고 하면 애먼 그에게 빤스는 입고 다니냐 이죽거리며 그때의 울분을 드러내곤 했다.

한겨울의
명화 모작실

나의 20대, 자취하던 겨울밤을 기억한다. 배가 고프다고
하자 가난한 친구가 나를 마포 골목의 으슥한 화실로 데려
갔다. 화실의 남자는 어린 내가 보기에 나이가 든 아저씨
였다.

친구는 익숙하게 난로 위에 냄비를 올리고 박스에서 라
면을 꺼냈다. 나는 라면을 먹으며 남자를 유심히 봤는데
그는 자기 작품을 그리는 사람이 아니었다. 칠판에 캔버스
를 여남은 개 세워놓고 나이프로 유화를 모작했다. 누구의
그림인지 기억나지 않지만 바다 위에 배가 있었다.

그는 파레트를 펼쳐놓고 좌우를 오가며 바쁘게 물감을
덧칠했다. 순식간에 같은 그림들이 완성되었다. 저 오빠는

어떤 그림이든 모작할 수 있다고 친구가 말했다. 그림 한 점을 완성하기 위해 오랜 시간 고민하는 친구들을 알기에 어안이 벙벙했다. 그 화실은 미대생들이 아르바이트로 일하는 전문 모작실이었다.

내 얼굴에서 경멸을 읽은 남자가 관심을 보였다. 모작 한 점에 붉은 채색을 하자 처음 보는 그림이 되었다. 내 표정을 보고 남자가 빙글거리며 말했다.

"이러면 창작품처럼 보이지?"

남자는 주문을 받아 그림을 그리는 늙은 복학생이었다.

그 화실을 여러 번 드나들었다. 나는 그와 그의 친구들이 그리는 명화 모작을 보며 속도에 감탄했다. 누군가는 영혼을 바친 그림이어도 모방은 한순간에 물거품으로 만들었다. 나는 인어공주도 죽어 물거품이 되었다는 생각을 했다.

그 겨울 나는 난로 옆에 앉아 라면을 끓여먹었고 그의 리포트를 대신 썼다. 그는 부지런히 죽은 화가의 붓을 훔쳤고 그림은 끈으로 묶여져 다른 이가 가져갔다. 그에게서 김창열의 물방울 그리는 법을 배웠다. 너무 쉬워서 나는 목을 젖혀 웃었다.

"너는 참 신통한 아이구나."

그는 20살이 넘은 나를 '신통한 아이'라고 불렀다.

그가 "우리 사귈까?" 물었을 때 나는 웃음을 멈췄다. 그의 그림처럼 사랑도 가짜일 거라는 생각이 들었다. 나는 물거품이 되고 싶지 않았다. '진짜'가 되고 싶었다.

살면서 희미하게 내 삶이 가짜라는 생각이 들기 시작했다. 타인의 삶을 모방했고 그들이 웃으면 같이 웃었다. 비슷한 학벌을 가지려 애썼고 비슷한 물질을 가지려 노력했다. '유연하게 대처한다'라고 나의 위선을 합리화했다. 배신하고 배신당하며 수많은 가짜가 들키지만 않으면 된다고 속삭였다.

진짜를 두리번거린다.

더 늦기 전에

내가 물거품이 되기 전에.

명랑한 저녁

보내야 할 원고로 낑낑거리다 갑자기 막걸리를 먹고 싶어졌다.

명랑은 나의 콘셉트이다. 어릴 때 남자 형제들에게 죽어라고 얻어터지면서도 나는 명랑했다. 그야말로 "난 매 맞지만 명랑한 년이에요."였다.

아는 사람은 알겠지만 나는 젓가락 장단에 일가견이 있다. 양은 상판 드럼통을 두들기며 잘 논다. 물론 노래는 다른 사람들이 부른다.

오래전 친구들과 놀러 가다 강원도 산속에서 차가 퍼져버렸다. 보험사 긴급출동을 불렀지만 올동 말동 의심스러운 산길이었다. 단풍도 떨어진 늦가을 해가 지고 있었다.

지나가는 차도 없고 급기야 여린 친구 하나가 훌쩍거리기 시작했다.

그때 내가 꺼내 든 것이 소주와 수저통이었다. 무쏘 범퍼를 두들기면서 여자 넷이 한마음으로 노래를 불렀다.

버들니잎 외애로운 이이저엉표오 밑에~
쉬지 말고 쉬지를 말고~ 달빛에 길을 물어~

강원도 산속에 휘영청 달이 떴다. 우리의 노래는 골짜기를 지나 계곡을 타고 우렁우렁 퍼져나갔다. 젓가락 장단에 어디선가 짐승이 어헝어헝 대꾸했고 소주는 홀짝홀짝 넘어갔다.

총을 든 군인 두 명이 먼저 나타났고 멀리서 렉카 차량 불빛이 보였다. 우리는 술에 취해 「굳세어라 금순아」도 마저 불렀다. 간이 부은 친구 하나가 여자 간첩은 뽕짝 안 부른다고 소리 질렀다.

내 전화번호 땄던 군인 아저씨는 지금 어디에서 나처럼 늙어갈까.

막걸리 사러 간다.

조작된 태몽

아이를 낳은 후 후유증으로 세상을 떠난 친구가 있다. 그 친구의 아들이 중학생 때 징징 울면서 "아줌마, 나는 태몽도 몰라요." 했다. 친구가 어떤 꿈을 꾸었는지 나도 모른다. 나는 용이 바다에서 승천하고 하늘에 무지개가 찬란했다고 소설을 썼다. 너는 크게 될 거라고 했는데 키가 182cm로 크게 됐다.

나는 아들이 태몽을 물어도 약간 덧칠을 해서 영웅호걸이 태어난 것처럼 호들갑을 떨었다. 넌 뭐든지 끝까지 해낼 줄 알았다든가, 넌 하늘의 도움으로 잘 풀릴 거라든가, 들어서 기분 좋고 말해서 흥겨웠다. 하늘의 축복을 받았는데 까짓 불행쯤이야.

나의 엄마는 아들딸 분리 교육의 일환으로 '딸년 기죽이기' 정책을 일찍 시행했다. 금쪽같은 아들 셋보다 막내딸년의 기가 세다는 걸 깨달았기 때문이다. 네 태몽은 흙탕물이 바다가 되는 불길한 것이라고 하질 않나, 너를 가지자 병에 걸리고 일도 안 풀리고 한마디로 재수가 없었다고 하질 않나, 그러니 너는 잘될 일이 없으니 엄마 말 잘 듣고 시키는 대로 하라고 했다. 어릴 때 그런 얘기를 들으면 잘못 태어난 것 같아 미안했다.

그러나 기 센 딸년은 초등학교에서 교육을 받자 고개를 빳빳하게 치켜들었다.

어느 날 엄마는 또 아들들에게 길몽을 얘기하며 흉몽의 상징으로 나를 거론했다. 나는 처음으로 눈을 똑바로 뜨고 시험 범위인 세계 4대 문명을 얘기했다.

'하천이 범람하며 비옥한 흙이 퇴적해 옥토가 되어 인간이 먹고사는 일을 해결할 수 있었다. 세계 4대 문명은 다 흙탕물을 기반으로 이루어졌다. 그러니 나는 흉몽이 아니라 길몽이다.'

내가 조리 있게 말하자 미꾸라지 잡는 데 미쳐 있던 아들 하나가 맞장구를 쳤다.

"맞아, 미꾸라지는 흙탕물에서 잡혀!"

아들들이 설득당하는 기미를 보이자 엄마는 분개했다. 아들 밑천으로 쓰여야 할 딸이 꿈을 갖는 건 교육의 실패를 의미했다. 엄마는 무리수를 두었는데 우리가 이리 못살게 된 건 다 네 탓이라고 했다. 나는 또 커서 돈을 많이 벌어 집을 일으킬 테니 나를 대학까지 보내달라고 했다. 빗자루가 날아와서 맨발로 뛰었다. 엄마는 동네 여자들에게 저거 떼려고 별짓을 다 했는데 이루지 못했다고 했다.

　며칠 전 엄마와 강화도 바닷가에서 해물칼국수를 먹다가 태몽 이야기가 나왔다. 엄마는 나의 태몽이 뭔지 기억도 나지 않는다고 했다.

　"때꺼리도 없고 염주창에 걸리가 뼈다구만 남았는데 니가 들어섰다 아이가. 아아들은 밥 달라카지, 네 애비는 보증 잘못서가 도망 다니지 마, 딱 죽어삐맀으면 좋겠드라. 너거 이모한테 돈 채서 병원에 갔더이마 내보고 의사가 잘못하면 수술하다 죽는다 안카나. 우짜겠노. 수술이 안 된다카이 간장도 마시고 배도 주박았는데 독하제⋯."

　엄마는 인생에서 가장 힘들었던 시기에 온 딸을 불행의 상징으로 여겼다. 나는 인간이 불행할 때 반드시 희망이 나타나는데 그게 나였을 거라고 했다. 잘난 척하는 딸에게 평소 같으면 소리를 질렀을 엄마가 웬일로 고개를 끄덕거렸다.

"딸을 하나 더 낳을꺼로…."

엄마로서는 최고의 찬사였다.

조개구이에 해물칼국수까지 배불리 먹은 모녀는 서로에게 너그러웠다. 나는 엄마에게 서해를 황해로 부른다고 또 잘난 척을 했다. 노을을 물끄러미 바라보던 엄마는 아무 말이 없었다.

나는 조작된 태몽이 처음으로 마음에 들었다.

김치찜과
말러 교향곡

어릴 때부터 끼니를 때우는 풍토에서 자랐다. 음식은 하나의 문화였지만 식기의 아름다움이나 밥상의 조화는 접하지 못했다. 무와 양미리를 큰솥에 간장 넣고 왕창 끓여 겨울을 나는 군대 문화(?)에서 컸다. 한 끼를 위해 몇 시간을 정성들이는 지인들을 보면서 문화적 충격을 받았다. '음식에 그토록 오랜 시간을 들이다니!' 그 시간이면 책을 두 권 정도 떼고도 남았다.

오랜 자취 생활에 밥과 국이나 찌개 하나면 끝나는 생활을 하다 보니 요리는 젬병이었다. 삼겹살도 대학 가서 접했고 불고기를 처음 먹던 날은 육식의 충격에 혀가 돌아버렸다. 잦은 병도 영양실조에서 기인했다는 걸 늦게 깨달았다.

입이 무거운 친구가 내 자취방에 찾아왔던 그날의 충격을 얘기했다. 베토벤 음악을 들으며 한 손에 야스퍼스 책을 들고 밥솥을 안고 있더라고 했다. 생각나면 밥 한 수저 입에 처넣고 우물거리다 깍두기를 우걱우걱 씹더라는 것이었다. 그러다 문 앞에 서 있는 친구를 발견하고 입 주변에 김치 국물을 묻히고 싱긋 웃더란다. 원시와 현대가 공존하는 복합적 미개 종족이었다고 혀를 찼다.

하여 나는 야심차게 요리책을 샀고 인터넷의 조리 순서를 숙지했다. 순서대로 음식을 만들어서 먹어봤지만 감동이 없었다. 재료를 사고 다듬고 조리하고 먹고 치우는 시간이 금쪽같아 미칠 것 같았다. 요리가 취미인 사람과 친분을 깊게 하여 얻어먹는 것이 최고였다.

그래서 나는 요리 취미를 가진 친구와 깊은 우정을 나누었다. 우정을 쌓는 방법은 간단했다. 먼저 식탁의 아름다움을 칭송하고 음식을 한입 넣고 미친 듯 감탄사만 뱉어내면 되었다.

"너는 최고의 대장금이야!"

요리를 못하는 것은 대물림이었다. 엄마도 평생 대가족을 먹여 살려야 했으니 요리할 시간이 없었다. 큰 들통에 신김치와 멸치를 넣고 푹푹 끓여내 보통 사흘은 먹었다.

양으로 승부하는 풍토였고 시간을 쓸모없이(?) 낭비하지
않았다. 게다가 결혼을 해서 시어머니와 친정 엄마까지 모
시고 살아야 했는데, 불행인지 다행인지 시어머니 또한 요
리 솜씨가 형편없었다. 세 여자는 식은 밥에 물을 말아서
고추장에 멸치를 찍어 먹으며 우정을 돈독하게 쌓았다. 집
안 남자들이 요리 솜씨를 탓하면 세 여자가 동시에 공격을
했다.

"그럼 잘난 네가 요리하든가!"

　며칠 전부터 엄마가 전화로 김치찜이 먹고 싶다고 들들
볶았다. 겨울 신김치에 두툼한 돼지고기를 넣어 압력솥에
푹푹 끓이는 음식인데 이것도 인터넷 검색으로 시도해서
겨우 성공한 음식이었다.

　시장에 가서 돼지고기를 좋은 부위로 왕창 샀다. 그리고
들통에 겨울 김장김치 한 통을 넣고 아침부터 끓였다. 김
치 신내와 돼지고기 냄새가 온 집 안을 점령해서 코가 후
각을 잃어버렸다. 그 와중에도 나는 서경식의『시대의 증
언자 쁘리모 레비를 찾아서』를 주방 식탁에서 읽었다.

　종일 한약 달이듯 끓여 고기와 김치가 정신이 나가 흐물
흐물해졌을 때 들통을 단단히 싸서 트렁크에 싣고 김포로

배달을 했다. 차 안에 김치찜 냄새가 진동했지만 말러의 교향곡으로 흐려지는 의식을 되찾았다. 들통의 방대함에 엄마는 기뻐했다. 양으로 승부하는 딸이 자신을 닮은 것에 만족을 표했다.

나는 칭찬에 바로 반응하지 않고 일단 음식은 사 먹는 게 좋다고 밑밥을 깔았다. "네가 더 맛있어." 이런 대답을 유도했건만! "돈이 있어야 사 먹지." 했다. 거기서 언쟁이 벌어졌다.

"생활비 준 지가 언젠데 어찌 벌써 떨어졌어!"

"그것도 돈이라고 주면서 생색내지 마라."

"그 돈이면 도시의 4인 가족이 먹고 살 돈이야!"

"네 오래비들을 생각해라, 야박한 년아."

"에이, 씨!"

눈물의
웨딩드레스

외할머니는 딸만 셋을 두었다. 집안 대대로 아들이 귀했는데, 딸 셋이 모두 출가하여 각자 아들 농사가 풍년이었다. 이 세 자매의 성정이 딱 박경리『김약국의 딸들』이라 거칠기 짝이 없었다.

엄마의 언니, 내 큰이모는 아들만 넷을 두는 기염을 토했다. 아들들은 엄마의 폭거에 항의조차 못하는 순둥이들이었지만 단 한 사람, 셋째 아들만은 예외였다. 고집도 세고 공부도 잘해서 S대 법대에 과외 한 번 받지 않고 덜컥 합격을 했다. 내게 사촌오빠인 그가 군에 입대했는데 제대 무렵 말뚝을 박았다는 소식이 들렸다.

'직업 군인이라니!'

당시 이모는 반쯤 실성해서 군부대를 찾아갔지만 폭행 사고로 인한 것이라는 소식만 들었다. 이모는 포기하지 않고 5년이든 7년이든 꼭 제대를 해서 다시 공부하라고 아들을 격려했다.

그 오빠가 결혼을 하겠다고 여자를 데려왔다. 한눈에 보아도 여느 평범한 집 규수가 아니었다. 솔직한 오빠는 군부대 근처 다방 종업원이라고 말했다. 그 직업이 왜 나쁘냐고 다방 종업원도 엄연한 직업이라고 주장했다.

큰이모는 여자가 들고 온 과일바구니를 던지고 바닥에 떨어진 사과도 다시 주워 던졌다. 과일로 얻어맞으면서 두 남녀는 눈 하나 까딱 않고 일어섰다.

"결혼한다. 그리 아시라."

큰이모의 눈물 어린 만류도, 발길질도 아무런 소용이 없었다.

5월에 결혼한다는 소식이 전해졌다. 이불을 깔고 몸져누운 큰이모는 절대 가지 않겠다고 이를 갈았다. 엄마와 작은이모는 살다 보면 소도 보고 개도 보는 거라고 설득했다. 며느리가 소가 될지 개가 될지는 아무도 몰랐다.

결혼식은 강원도 원통의 시골 예식장에서 열렸다. 당시 여고생이었던 나도 참석했다. 여자의 친인척은 보이지 않왔다. 다방 마담으로 보이는 여자가 손수건으로 눈물도 닦고 코도 풀었는데 더러웠다. 같은 동료로 보이는 젊은 여자들이 연신 서로 손을 잡고 눈물을 흘리며 신부를 챙겼다. 여러 사람이 입고 세탁도 안 했는지 드레스에 얼룩이 묻어 있었다. 어수선한 예식장에서 큰이모는 다시 더러운 것들이 아들을 홀렸다고 소리를 질렀다. 우리와 다방 종업원들을 제외하고 모두 군인이었다.

조금 높은 군인이 주례를 짧게 끝내고 축가가 시작되었다. 키가 작은 못난이 상병 하나가 앞으로 걸어 나왔다. 반주도 없었고 단지 흠흠 목청만 가다듬었을 뿐이었다. 생긴 것과 전혀 다른 목소리가 뱃구레에서 터져나왔다. 저음의 테너였다. 나중에 알았지만 그 못난이 상병은 성악 전공 음대생이었다.

당신의 웨딩드레스는 정말 아름다웠소
춤추는 웨딩드레스는 더욱 아름다웠소

신부가 울기 시작했다. 다방 마담도 울고 종업원들도 울고 어린 군인들도 눈물을 흘렸다.

우리를 울렸던 비바람도 이제 와 생각하니 사랑이었소
우리를 울렸던 눈보라도 이제 와 생각하니 사랑이었소

정말 사랑해서 하는 결혼일 거라는 생각이 들었다. 내가
울음을 터트리니 큰이모도 울기 시작했다.

"아이고, 아이고."

낮게 곡을 했지만 분명 미움만은 아니었다. 신랑, 신부
와 하객을 울려놓고 못난이 상병은 총총히 단상 아래로 내
려갔다.

나는 예식이 끝나고 갈비탕을 먹을 때 내 옆 탁자에 앉
은 못난이에게 회심의 미소를 지었다. 눈웃음을 치는 여고
생 때문에 그는 탕 속의 한 대밖에 없는 갈비를 뜯지 못했
다. 턱을 괴고 그에게 말을 걸었는데 그는 먹기를 포기한
듯 보였다.

"어쩌면 그래요? 남자 목소리가 아름답다는 생각을 처
음 했어요!"

오뉴월 감기로 콧소리를 내며 흥흥거렸다. 사촌오빠의
아내는 거리에서 떡볶이와 어묵 장사로 열심히 살다가 큰
이모의 마음이 풀어져 내어준 목돈으로 과일 가게를 열었
다. 두들겨 맞았던 배와 사과를 주 종목으로 장사를 했고

살림이 넉넉해졌다. 그 오빠는 나중에 원사가 되었다.

못난이 상병은 한결같은 마음으로 편지를 보냈다. 나는 10통이 오면 한 통의 답장을 했는데 그마저도 그만두었다. 틀린 맞춤법도, 말도 안 되는 문장도, 마지막에 충성이라고 쓴 것도 신경질이 났다. 눈웃음친 것을 뼈저리게 후회하면서 앞으로 함부로 웃지 않겠다고 결심했다.

마지막 편지는 원망조였는데 요약하면 이렇다.

'나쁜 년, 꼬리 칠 때는 언제고!'

열이 받았는데 생각해보니 눈꼬리도 꼬리가 맞았다. 못난이의 저주 탓인지 나는 연애가 될 만하면 꼭 뽀사져서 결혼도 중매로 했다.

고독한 영혼의
시끄러운 기일

나의 시어머니는 시댁 친인척들이 다 모인 자리에서 내게
언질을 주었다.

"우리 집은 종교가 없다. 그러니 행여 교회 다닐 생각은
꿈도 꾸지 말거라."

유물론자였던 나는 명랑하게 대꾸했다.

"아, 네네."

그때 대답을 세부적으로 했어야 했다. '교회도, 절도, 무
당한테도 안 갈 터이니 그리 아셔욧!'

시어머니에게 절과 무속은 종교가 아니었다. 격렬한 취
미 활동이었다.

당신이 좋아서 혼을 빼놓고 데려온 막내며느리가 생각

보다 녹록치 않자 시어머니는 기를 죽이기로 결심을 하셨다. 얼굴도 본 적 없는 집안의 외로이 돌아가신 여자 어른의 제를 모시라고 명령했다. 그러니까 집안의 골칫거리를 내게 업무 분장한 것이었다.

나는 흔쾌히 모시겠다고 했다. 내게 제사는 맛있는 음식을 왕창 해서 두고두고 먹는 즐거운 행사였다. 다른 사람이 참석하는 것도 아닌 고독한 영혼을 위하여 제사 음식을 만들어 먹다니, 꿩 먹고 알 먹고 긍정적인 제안이었다.

그리하여 그 '외로운 영혼'에 대한 인수인계가 있었는데 바로 굿이었다. 시어머니의 단골 만신집에서 행사가 개최된다는 통보를 받고 그날 조퇴를 했다. 강남에서 정릉까지 길이 더럽게 막혔다.

개최 시간보다 늦게 도착했더니 시집 여자들과 무당이 찌릿 눈총을 난사했다. 특히 무당 아줌마의 구박은 계모가 콩쥐를 볶듯 했다. 절을 똑바로 하라고 소리를 지르고 눈에 흰자를 보였다. 문제는 그 학대에 만족한 눈빛을 하고 있는 시댁 여자들이었다. 갓 입소한 신참 길들이기를 대행하는 무당에게 감사하는 표정이었다.

나는 이 난국을 타개할 방도를 찾아 눈알을 굴렸다. 차림상 위를 보니 지폐가 1000원짜리 몇 장만 놓여 있었다. 어쩌면 이 엉뚱한 불똥은 저 헐벗은(?) 지폐 때문일 거라는 생각이 번개처럼 지나갔다. 집안의 여자 동서들은 1000원짜리 몇 장을 올리면서 1000만 원어치 효과를 맛보고 있었다.

덜떨어진 학생 혼내는 선생처럼 무당이 눈알을 부라렸다. 모두 강 건너 불구경하듯 하던 그 자리에서 나는 지갑을 꺼냈다. 내가 수표를 꺼내기 시작하자 모두가 멈칫했다. 나는 정확히 10만 원짜리 수표 석 장을 꺼내 상 위에 깔았다.

순간 정적이 흘렀다. 곧이어 누군가 한숨을 쉬었고 하늘에서 은총이 징소리로 쏟아졌다.

"잘살겠네, 잘살겠네!"

무당이 하늘을 우러러 큰 소리로 신을 부르며 내게 영광을 퍼부었다. 나는 30만 원으로 평생 내 편을 얻었다.

눈꼬리가 풀어진 무당이 그때부터 시어머니와 시댁 여인들에게 잔소리를 퍼부었다. 집안에 복덩이가 굴러 들어온 줄 알아야 할 것이며 망자의 한이 풀려 드디어 당신 집안 액운도 풀렸다고 했다. 30만 원에 한이 풀리다니!

그달에 나는 출근길 테이크아웃 커피를 사무실 탕비실

의 믹스커피로 대체하고, 외식 대신 구내 식당에서 꾸역꾸역 짠밥을 투덜거리며 처먹었다. 그래도 즐거웠다. 집안 동서들은 무당에게 막내동서를 닮으라고 계속 혼나고 있었기 때문이었다.

'고독한 영혼' 인수인계식을 마치고 인계받은 영혼의 제사를 명랑하게 지냈다. 시댁에서 명절이면 작은 소반에 구석에서 상을 받던 '고독한 영혼'은 우리 집에서 상다리가 부러지는 음식상을 받았다. 물론 내가 좋아하는 음식들이었다. 감시 감독차 불시에 난입한 시어머니는 놀라서 입을 못 다물었다. 피자에 떡에 배달의 민족답게 연이어 들어오는 배달 음식에 놀라고 나의 독특한 제사 양식에 기함을 했다. 트집을 잡으려던 시모는 나의 선빵에 침묵했다.

"그동안 개다리소반에 얼마나 시장하셨습니까!"

아버지 위패를 봉은사 절에 모시면서 '고독한 영혼'의 위패도 같이 모셨다. 덕분에 제삿날이 아니어도 산책길에 수시로 절에 들러 놀았다. 위패 먼지도 닦고 계단에 앉아 책도 읽었다.

사실 집에서 지내는 제사의 번거로움은 내게 없었다. 먹고 싶은 음식을 배달해서 대한민국 식품계의 활황을 도모하는 거시적인 행사였다. 말 그대로 함포고복含哺鼓腹으로,

아들들은 제사가 흥겨운 것인 줄 알고 있다. 절에 모신다고 했을 때 B군이 말했다.

"이제 내 돈으로 피자를 사 먹어야겠군."

그래도 기일이면 절에 다녀와 저녁에 나름 소박한(?) 상을 차렸다. 먹고 싶은 음식을 시켜 먹으며 망자를 이야기하는 것이었다.

'고독한 영혼'의 기구한 삶에 대해서는 미루어 짐작만한다. 젊은 나이에 자식을 낳다 세상을 떠났으며 환영받지 못한 인생이었다는 것. 나는 내가 인계(?)받은 영혼을 웃게 해주려 최선을 다한다. 살아서 슬펐다고 죽어서까지 슬퍼야 할 이유가 있겠는가? 사후의 삶은 명랑해야 한다. 산자의 농담에 죽은 자들이 허리를 접으며 웃는 모습을 상상한다.

봉황 튀김

부서를 옮긴 후 매일 야근이었다. 늦은 귀가가 미안해 더 듬더듬 현관 열쇠를 찾아 조용히 들어가곤 했는데 아뿔싸, 핸드백을 아무리 뒤져도 열쇠가 없었다. 복도에 쪼그리고 앉아 핸드백을 탈탈 털어도 없었다. 초인종을 눌러도 대답이 없었다. 집에 전화를 해도 받지 않았다. 이름을 부르고 주먹으로 문을 두드려도 묵묵부답이었다.

짜증보다 불안함이 먼저 고개를 들었다. 요즘 들어 예민해진 딸 때문에 엄마도 피곤했을 것이다.

책상을 정리하기도 전에 9월 말에 끝나는 평가가 더럭 내게로 떨어졌다. 분석이 완벽해야 가능한 일이지만 자존심 때문에 고사하지 못했다. 잠깐 들여다본 지난 1년간의 업무 실적은 형편없었고 회의 중에 결재판을 던지며 말다툼을 했다던 전임자는 장기 병가 중이었다. 팀원들의 업무 분장을 다시 하고 평가에 대비한 서류를 보기 시작했더니 열흘 사이 내 별명은 '빨간 펜'이 되어 있었다.

엄마는 소소한 일상에도 목소리를 높였다. 이웃과의 대화에도 싸울 듯 고함을 질렀고 중상에 가까운 억지소리를 하여 올케를 눈물바람으로 현관을 나서게 했다. 엄마의 청력에 문제가 있음을 눈치챘지만 차일피일 일을 핑계로 병원에 모시고 가지 못했다.

화단에서 귀뚜라미가 울었다. 귀뚜라미는 전부터 울었을 터이지만 내게는 올해 들어 처음이었다. 계단에 앉아 귀뚜라미 소리를 듣자니 사이다 먹은 듯 코끝이 시큰해졌다. 계절이 오가는지도 모르고, 안다고 생각했던 내가 누구인지도 모르겠고, 사람 노릇을 제대로 하고 있는지도 모르겠고, 몰라도 될 만큼 가치 있는 일을 하는 건지도 모르겠고, 모르고, 모르고, 모르겠고… 게다가 집 열쇠가 어디 있는지도 모르겠고!

손수건을 꺼내 훌쩍훌쩍 코까지 핑핑 풀어가며 청승을 떠는데 독서실에서 공부를 마친 작은아이가 계단을 올라왔다.

"엄마, 음주운전 했지?"

엄마는 거실에서 TV를 켜놓은 채 자고 있었고 열쇠는 화장대 위에 있었다. 출출해진 아이가 치킨이 먹고 싶다고 했다. 전화로 주문을 하는데 엄마가 벌떡 일어나더니 양념 치킨을 시키라고 큰 소리로 말했다. 양념치킨과 프라이드 두 마리를 주문하고 배달 온 점원에게 돈을 지불하다 나도 모르게 언성이 높아졌다. 닭 한 마리의 가격이 무려 2만 원에 육박했다.

"이거 봉황 튀김이지?"

늦은 밤 식탁 위에 '봉황 튀김'을 올려놓고 할머니와 손자가 쩝쩝 맛있는 소리를 내었다. USB에 저장한 자료를 수정하기 위해 서재로 들어가는 내 등 뒤에서 작은놈이 엄마에게 말하는 소리가 들렸다.

"할머니, 내가 잘했지? 낮에 치킨 먹고 싶다고 했잖아?"

"이거 닭 아니다. 네 엄마가 봉황이래잖아!"

동네 호구의
기억력

산책길에서 만나는 할머니가 있다. 플라스틱 챙이 있는 모자를 쓰고 팔을 직각으로 꺾는다. 걸음도 느린데 겨드랑이에 붙은 팔이 왜 움직이는지 의아해서 웃었다. 웃은 죄로 벌을 받았다.

대낮에 길에서 '직각 할머니'를 만났다. 장을 본 보따리를 들었다 내렸다 했다. 휴머니즘에 빛나는 나의 오지랖이 사달을 내고 말았다.

"할머니, 제가 들어드릴게요."

보통 짐을 들어준다면 한 보따리를 넘긴다. 그녀는 내게 두 보따리를 다 안겨주었다. 황당했지만 나의 무쇠 팔을 믿었다. 낑낑거리며 현관 앞에 내려놨더니 주방까지 갖다

달라고 했다. 나의 휴머니즘 철학에 따른 행동 강령은 이랬다.

'애를 봐줄 때는 애 엄마 올 때까지!'

그녀가 나의 철학을 알았는지 다시 부탁했다.

"새댁, 기운이 없어 그러는데 싱크대 양재기에 생선 좀 담아줘."

새댁! 장성한 아들을 둔 나를 새댁이라 부르다니! 응차, 나는 새댁의 기운으로 보따리를 들었다. 그러나 빈 양재기는 없었고 개수대에 씻지 않은 그릇이 산더미였다. 잠시 나의 철학에 회의를 느꼈다.

그냥 나갈까? 한두 개만 씻을까? 나는 호구인 걸까? 할머니는 봉을 잡았을까?

중도에 그만두면 아니함만 못하리라는 경구가 무쇠팔을 움직였다. 태산이 높다 하되 하늘 아래 싱크대인 것이다! 단순노동의 묘미는 무념무상이다. 처음엔 성질났는데 생각 없는 무쇠 팔이 자동으로 태산 같은 그릇을 씻었다. 행주질까지 끝내고 보따리를 해체해서 냉장고에 분류까지 했다.

'에휴~ 내 집구석도 지금 엉망인데….'

할머니는 계속 떠들었다.

전에는 며느리가 자주 왔는데 무슨 일로 발길을 끊었으며, 그 무슨 일이 무엇이냐면 영감 죽고 재산을 큰아들에게 작은아들보다 조금 더 줬는데, 그 조금이 무엇이냐면 대대로 내려온 논과 밭인데, 그 논과 밭이 전라도 고흥에 있는데, 그런데 아, 그 논밭 때문에 작은며느리가 삐져서 발길을 끊었는데, 원래 큰며느리는 못된 년이라 오지도 않는데, 그년이 없이 사는 집안의 딸이라 이 혼인은 안 된다고 그렇게 반대를 했었는데….

나는 가락이 실린 사설을 듣다가 인내심이 진토되어 넋이라도 있고 없고 했다. 재산이 아니라 시어머니 수다에 질려서 안 오는 것 같았다. 가겠다고 나서니 밥 먹고 가라고 했다. 독거노인의 끼니를 챙겨야 한다는 양심과 호구로서 느끼는 불쾌함이 정면충돌했다. 결과적으로 밥 먹고 다시 설거지한 후 할머니가 꾸벅꾸벅 졸아서 집에 왔다.

엘리베이터를 버리고 계단을 걸어 올라오며 깊은 시름에 잠겼다. 애를 맡기는 애 엄마가 없나, 설거지 시키는 할머니가 없나. 이러다 동네 호구 되는 건 아닐까?

현관문 앞에 메모지와 딸기 그릇이 있었다.

'감사드려요! 우리 아이들이 아줌마 좋대요!'

어제 잠시 봐준 아이들의 엄마였다.

다 때려챠!

살아보니 정말 좋은 사람은 잘 까먹는 사람이다. 다 잊어버려야 한다.

4
소멸의 아름다움

독학형 인간의
스승

오늘은 스승의 날이다. 내 인생에서 지식을 가르치는 자는 많았으나 참다운 스승은 초등학교 6학년 담임 선생님이었다. 더 이상 학교를 갈 수 없었을 때 나의 스승은 집에 찾아와 나를 수양딸로 데려가겠다고 엄마에게 말했다.

"대학까지 제가 책임지겠습니다."

가난한 엄마는 막내딸이 돈을 벌어 오빠들의 공부를 지원해야 한다고 제안을 거절했다. 나는 툇마루에 앉아 그녀들의 대화를 들었다. 그때 나는 슬펐지만 세상에 대한 안도감을 느꼈다. 누군가 나를 알아준다는 것, 나를 선택하는 이가 있다는 것, 그것으로 충분했다.

나는 그때 이후 돈을 벌지 않은 적이 없었고 동시에 손에서 책을 놓은 날이 없었다. 살며 부딪히는 모든 일이 내게 스승이었다. 성공하고 실패하며 복기하고 반성하는 과정이 나쁘지 않았다. 지독하게 현실적이었고 동시에 비현실적이었다.

사회생활을 위해 졸업장을 따기는 했으나 근본적으로 나는 독학형 인간이다. 누가 자신의 지식을 강요하면 일단 재수가 없다. 배우는 건 나의 선택이고 검증도 나의 몫이기 때문이다.

「죽은 시인의 사회」를 생각한다. 이 영화의 명장면은 모두 학생들이 책상 위로 올라가는 엔딩이라고 한다. 하지만 개인적으로 나는 키팅 선생의 수업 시간이 더 좋았다. 특히 에반스 프리차드의 『시의 이해Understanding Poetry』의 서문을 찢는 장면이다. 어떻게 시에 공식이 있으며 누가 시를 재단하는가? 나도 그런 이유로 시집을 위시한 책의 서문이나 해설을 읽지 않고 바로 본문에 진입한다.

인생도 그렇다. 이렇게 살아야 한다고 현인들이 아무리 주장해도 깨닫는 건 개인의 몫일 뿐이다. 저마다 삶의 방식이 다르기에 조언은 될 수 있어도 실질적 도움이 될 수 없다. 하루를 마치고 밤에 오늘을 돌아보는 것.

그래.

밤이 스승이다.

왼손잡이
기타리스트

어제 김포를 다녀온 후 조금 앓았다. 누워 있으면 가라앉을 것 같아 산책길 공원에 왔다. 아이들의 웃음이 비누 거품을 터뜨리는 것 같다. 내가 앉은 벤치를 가운데 두고 서로 잡으려다 미끄러졌다. 나무 밑으로 달려가는 아이들 뒤를 한 아이가 주춤주춤 따라간다. 작고 초라해 보이는 저 아이를 다른 아이들이 성가신 듯 밀어냈다. 아이가 할 수 있는 건 따라다니는 것이 전부였다.

　나는 『파리 대왕』의 아이들을 생각하고 이마를 찌푸렸다. 다르다는 것. 장애든 가난이든 다르다는 것은 무리에서 밀려나는 일이다. 성숙한 사회는 밀어내는 것이 아니라 안고 같이 간다.

나는 벤치에 기대어 어제 일을 생각한다. 김포에 낡은 기타가 있었다. 장롱 위에 오랫동안 먼지를 뒤집어쓰고 누운 기타를 어제 발견했다. 둘째 형제가 치던 기타였다. 그는 오른쪽 손가락 두 개를 잃었는데 원래 왼손잡이였다.

피아니스트 파울 비트겐슈타인은 전쟁 중에 오른팔을 잃었다. 피아노를 포기하는 대신 작곡가를 찾아다니며 왼손으로 칠 수 있는 곡을 부탁했다. 그래서 나온 곡이 라벨의 「왼손을 위한 협주곡Piano Concerto for the Left Hand」이다. 그 음악을 들을 때 나는 가끔 오케스트라의 연주를 덜어내고 피아노 연주만 들었다. 스페인의 호아킨 로드리고도 세 살 때 시력을 잃었다. 그러나 수많은 기타 명곡을 작곡했다.

둘째 형제는 아버지를 닮아 음악성이 있었다. 악보를 보지 않고도 한 번 들은 곡을 연주했던 아버지처럼 그도 음을 감각으로 찾아냈다. 언젠가 나는 그에게 로드리고에 대해 얘기한 적이 있었다. 운지법이 그에게 맞지 않아 힘들어할 때였다.

"오빠, 세상에 표준은 없어. 내게 맞는 게 표준이야."

그가 환하게 웃던 생각이 난다. 그의 유품은 모두 태웠는데 장롱 위에 있어 발견하지 못한 것 같다. 기타를 차에 신고 왔다. 나는 차 안에서 잠깐 울었다. 내가 그의 동생이 아닌 누나로 태어났다면 운명이 달라졌을까?

아이들이 모두 집으로 돌아갔다. 문득 어린 날처럼 나 혼자 공터에 남은 기분이다. 나도 일어선다.

모두의 노래
Canto General

친구를 만나 술을 마시며 언제나 그렇듯 고개를 끄덕였다. 나이를 먹을수록 귀를 기울이게 된다. 입을 닫으니 머릿속이 복잡했다. 집에 오니 세 권의 책과 세 장의 음반이 도착해 있었다. 책장을 정리하고 서재에서 음악을 들으며 커피를 마셨다. 이 음악은 파블로 네루다의 시「모두의 노래Canto General」를 가사로 하여 미키스 테오도라키스가 작곡한『Mikis Theodorakis - Pablo Neruda: Canto General』음반이다.

네루다의 이 시는 호머의「일리아드」에 버금간다. 중남미의 역사를 노래한 방대한 서사시이기 때문이다. 늘 느끼는 것이지만 사람이 사람을 알아본다는 것은 기적이다.

70대의 네루다와 40대의 테오도라키스가 피신지 파리에서 서로를 알아보았다.

파블로 네루다의 『모두의 노래』가 몇 년 전 문학과지성사에서 처음 완간되어 나왔다. 사실 이 시집이 최초로 나온 곳은 1950년 미국이다. 우리에게 「희랍인 조르바」, 「페드라」의 영화 음악으로 익숙한 미키스 테오도라키스가 이 대서사시를 웅장한 칸타타로 작곡했다.

1971년 아옌데 대통령이 통치하던 칠레를 방문한 그리스 반체제 작곡가 미키스 테오도라키스는 네루다의 이 시를 음악으로 만들겠다고 약속했다. 그는 네루다의 시 「Canto General」로 만든 칸타타를 들고 1973년 라틴 아메리카 순회공연에 나섰다. 아, 이 음악의 개막 공연이 예정된 날 칠레에는 군부 쿠데타가 있었다. 그 유명한 영화 「산티아고에는 비가 내린다」가 떠오른다. 영화 줄거리는 다음과 같다.

산티아고 방송국 기상 뉴스에 같은 소리가 반복되어 흘러나온다.

"산티아고에 비가 내린다."

피노체트가 이끄는 군사 쿠데타군이 대통령궁을 공격

해 온다는 것을 알리는 암호다. 시민들은 자기 나라 군대가 공군기로 대통령궁을 폭격하는 모습을 바라본다. 자신들이 뽑은 대통령이 스스로 삶을 마감하는 장면도 본다. 국민들이 세운 정권은 CIA의 사주를 받은 군부에 의해 끝난다.

쿠데타군에 저항하다 카스트로에게서 선물받은 총으로 자결한 아옌데 대통령, 평생을 해외로 피신하다 병든 몸으로 조국에 돌아왔는데 쿠데타가 임박하자 라디오 방송에 나가 노동자, 예술가, 시민의 대동단결을 외친 네루다, 그리고 독재와 착취에 시달리던 라틴 아메리카의 민중가요 누에바 칸시온Nueva Cancion의 핵심이었던 가수 빅토르 하라Victor Jara.

네루다는 쿠데타가 일어나자 며칠을 견디지 못하고 지병과 분노 속에서 임종한다. 빅토르 하라는 자신이 상을 받았던 칠레 스타디움으로 끌려가 시체로 발견된다.

이 음반은 두 시간에 가까운 연주다. 내가 커피를 내리고 책을 뒤적이다 이 글을 쓰고 있는 지금도 아직 끝나지 않았다. 오랜만에 문학과지성사의 『모두의 노래』를 꺼낸다. 오늘 밤은 잠 속으로 미끄러질 때까지 이 시집을 읽겠다.

나는 그 어떤 것도 해결하러 오지 않았다.

나는 너와 함께

노래하러 왔다.

- 『모두의 노래』에 수록된 「나무꾼이 잠에서 깨기를」 중

「산티아고에 비가 내린다」는 1975년에 프랑스에서 제작된 영화다. 프랑스는 칠레의 군부 쿠데타를 맹비난했다. 쿠데타군과 싸우던 시민군이 죽어가는 거리에 피아졸라의 음악이 흐른다.

너희가
재즈를 아느냐

2018년 여름, 의사가 나의 장점을 알려주었다. 당신의 공황 장애는 일종의 강박증이다. 말하자면 당신은 상당한 집중력과 높은 몰입도의 장점을 갖고 있다. 그러니 그 장점을 살려 좋아하는 주제를 정해 정진해 보시라. 나는 착한 학생처럼 그의 말에 고개를 끄덕거렸다.

여름휴가로 잡은 일주일은 장마철이었다. 나는 휴가 기간 동안 재즈만 들을 생각이었다. 재즈 앨범을 사들였고 국내에 없는 음반은 아마존에서 직구했다. 메이저보다 마이너를 선호하는 취향답게 시드니 베쳇Sydney Bechet의 음악으로 술잔을 들고 해롱해롱 방탕하고 유익한 휴가를 집구석에서 보냈다.

스테이시 켄트Stacey Kent노래를 듣다가 나도 재즈 한 곡은 불러야 되지 않겠나 싶었다. 내 아무리 고음 불가여도 노래 한곡은 필수라 결심하고 저음 영역대의 가능한 곡을 골랐다. 스테이시 켄트의 노래는 밋밋한 것 같아서 빌리 홀리데이Billie Holiday의 노래로 낙점을 봤다. 처음엔 「Gloomy Sunday」였는데 조금 높은 음역으로 올라가자 삑사리가 났다. 잠시 고민을 하다 「I'm A Fool to Want You」로 방향을 전환했다. 내가 낼 수 있는 최저음으로 음역대를 잡았다. 무엇보다 가사가 마음에 들었다.

대한민국의 심수봉이 홀라당 뒤집어지는 목소리를 가졌다면 미국의 빌리 홀리데이는 노래를 맷돌에 갈아버렸다. 나는 일단 발음과 비음과 탁음과 성조를 분석했다. 그녀의 삶처럼 참고 견디고 인내하며 억누르는 슬픔을 분쇄하듯 부를 생각이었다. 밤낮을 가리지 않고 으르렁거리는 재즈 소음에 식구들은 방문을 걸어 잠그고 나름의 소음 대책을 세웠다. 갑자기 여행을 떠난 불순분자도 있었다. 그러거나 말거나 일주일간 나는 재즈 대장정을 마쳤다.

출근을 했다. 노래방에서 내가 노래를 부르면 잡담을 하거나 노래방 책을 넘기며 번호를 불러대는 후레자식들에게 본때를 보여주리라 흐뭇한 상상을 했다. 기회는 좀처럼 오지 않았다. 업무가 바빠서 회식을 해도 노래방에 가자는 말이 없었다.

그러던 어느 날 남한산성에 가서 백숙을 먹자는 높은 분의 제의가 들어왔다. 각 부서별 핵심 멤버들의 모임이었다. 백숙이 나올 동안 포커나 고스톱으로 때우는 뻔한 그림이었다. 가는 동안 비가 미친 듯이 내렸다. 손님은 우리 일행뿐이었다. 예약이 된 관계로 가자마자 백숙이 나왔다. 세상 맛없는 고기가 닭고기였다. 푸석푸석한 이 살맛이 뭐가 좋다고 비 오는 밤에 여기까지 왔는지 모를 일이었다. 깨작깨작 먹는데 갑자기 높은 분이 제안을 했다. 초장부터 우울한 얼굴을 하고 있더니 "누가 노래나 한 곡 하지, 비도 오는데." 했다.

술도 몇 순배 돌았겠다 모두 눈치를 보는 것 같아 내가 부르겠다고 했다. 음치인 걸 만천하가 다 아는데 호기롭게 나서니 뜨악한 표정이었다. 재즈풍의 반주가 없어 아쉽긴 하지만 나는 빌리 홀리데이의 퇴폐적이고 음울한 분위기를 최대한 살리기 위해 벽에 붙어서 고독한 포즈를 취했다.

I'm a fool to want you

I'm a fool to want you

To want a love that can't be true

A love that's there for others too

I'm a fool to hold you

　목청을 맷돌로 짓누르듯 억울함을 표출하고자 입술을 깨물고 혀를 차며 바람둥이 사내를 붙잡는 여자의 애절함을 최대한 표현했다.

Time and time again

I said I'd leave you

　아, 이 부분에서 그만 삑사리가 났다. 그래도 나는 굳세게 퇴폐적이며 고독한 분위기를 표현하고 마지막엔 입술을 깨무는 것으로 여인의 통증을 내보였다.

　후레자식들!

　그들은 백숙 상을 앞에 놓고 방바닥을 뒹굴며 웃어댔다. 술기운도 있고 기분도 나빠서 "뭐? 어쩌라고!" 외쳐댔다. 높은 분이 심각한 얼굴로 물었다.

"김 팀장, 어느 주에 유학 갔었지?"

이 개자식 분은 9년 전 높은 토익과 토플 점수에도 불구하고 우리 계통의 인간들이 흔히 가는 워싱턴 따블류콘(?) 대학 박사과정을 신청했을 때 나를 낙방시킨 인간이었다. 이유는 우리 부서 업무가 과다하고 '한시라도 자리를 비워서는 안 될 존재'라는 칭찬이었다. '그들만의 리그'에서 밀린 거였다.

1년치 휴가를 왕창 내고 집에 엎드려 있는데 긴급 구호 차원에서 미시간 6개월 연수 과정이 하달되었다. 나는 아시아 아프리카에서 온 연수생들과 어울려 미시간 호수 구경만 실컷 했다. 그때의 울분으로 "미시간이요." 볼멘소리를 내었다.

"그래? 알라바마인 줄 알았네."

아놔~ 빌리 홀리데이 고향이 알라바마인 줄 오늘 알았네요! 그때부터 비뚤어져서 애먼 동료들이 고생을 했다. 알라바마 사투리가 어때서! 너는 전라도, 너는 경상도잖아. 니들이 재즈를 알아? 엉?

비 온다…. 재즈나 들어야겠다.

공존의
그늘 아래

2021년 추석 연휴 동안 다큐멘터리 다섯 편을 보았는데 그중 미국 교포 전후석 감독이 쿠바 한인을 다룬 「헤로니모」가 있었다.

디아스포라에 대해 다시 생각한다. 디아스포라의 핵심은 '고통'이다. 선조들의 땅에서 살 수 없다는 것, 가고 싶은 곳에 갈 수 없다는 것, 종교와 문화를 제대로 섬기고 즐길 수 없다는 것, 그 모든 고통의 결과는 '혁신'이다. 전통의 일부를 변화시키고 적응하고 현대화해서 환경에 맞게 창조하는 것이다. 내가 보트피플 작가 캐나다의 킴 투이를 좋아하는 이유이다.

쿠바에 한국인 '헤로니모'가 있다. 1905년 하와이 사탕수수 농장의 광고를 보고 노동자 7000여 명이 배를 타고 조선을 출발했다. 그중 1031명이 멕시코 유카탄 반도에 닿았다. 멕시코의 애니깽, 용설란 농장에서 일하던 교포 중 288명은 1921년 쿠바로 향했다. 당시 설탕으로 경기가 좋았던 쿠바에 가면 잘살 수 있다는 희망 때문이었다.

그 288명 중에 천도교인 임천택이 있었다. 그는 1903년 경기도 광주에서 태어나 두 살 때 부모의 등에 업혀 이민을 갔다. 『백범일지』를 보면 쿠바 거주 한인 임천택이 독립자금을 모아 송금했다는 구절이 나온다. 농장에서 일당 1센트를 받고 노예처럼 일하던 한인 노동자들은 1000여 달러를 독립자금으로 보냈다. 쿠바에 갈 때 그의 나이 18세였다. 그는 거기서 아이를 아홉 명 낳았는데 그중 장남이 지금 말하고자 하는 '헤로니모 임', 임은조다.

아버지 임천택은 조선 망국의 원인이었던 지식인층에 혐오감을 가지고 있었다. 그는 자식들을 초등학교만 공부시키고 농장에서 일을 시켰는데 맏아들이 거칠게 반항했다. 집을 나가 스스로 학교에 등록하는 자세를 보고 임천택은 교육을 결정한다. 1926년생인 맏아들 임은조는 한인 최초로 국립 아바나 법대에 진학했다. 동기 동창인 피델 카스트로, 체 게바라와 함께 1959년 쿠바 혁명을 일으켰다.

처음 그들의 혁명 기치는 공산주의가 아니었다. 카스트로의 당시 필름을 보면 "우리는 공산주의도 마르크스주의도 아니다."라고 했다. 그들은 대의 민주주의와 사회 정의가 목표라고 했다.

카스트로가 시에라 마에스트라 정글에서 활동할 때 그는 도시의 비밀 조직으로 활약했다. 쿠바의 경제를 장악하던 미국과 싸우면서 쿠바는 자연스레 공산주의가 되었다. 미국과 싸울 때 북한에서 AK 자동소총 10만 정을 무상 공급받았다고 한다. 그때 카스트로의 연설을 보면 이 총으로 사회주의를 지킬 것이라고 천명한다.

헤로니모 임은 혁명이 성공하자 경찰청 인사담당관, 산업부 차관, 동아바나 인민위원장을 역임했다. 그는 2006년 사망했고 쿠바의 유공자로 국립묘지에 묻혔다. 그의 아버지 임천택은 독립유공자로 동작동 국립서울현충원에 안장되어 있다.

쿠바는 여행이 자유롭지 않고 정보가 폐쇄된 나라여서 그는 한국 실상을 몰랐다. 미국과 관계가 개선되고 1995년 한국을 다녀간 후 그는 이렇게 말했다.

"내가 잘못 생각한 것 같다."

물질적으로 풍요해진 한국을 보고 여전히 가난한 쿠바와 비교되었을 것이다. 나는 영화를 보다가 문득 그를 위로하고 싶었다. 당시 환경에서 당신의 선택은 최선이었다고. 다시 상황으로 돌아가도 그 선택을 할 수밖에 없다면 그건 잘못된 것이 아니라고. 소수 민족, 가난한 사람들, 약자 중의 약자임에도 당신은 최고였다고.

그의 후손은 '혁신'을 이루었다. 대학 교수가 된 자식들은 쿠바인과 결혼했지만 뿌리를 잊지 않았다. 쿠바와 한국의 피가 섞인 후손들이 모여 「아리랑」을 단체로 불렀다.

288명이 뿌리를 내린 결과 지금 쿠바 한인은 1000명을 넘었다. 디아스포라가 정체성을 잃지 않고 정착한 나라에서 뿌리를 내리려면 교육, 정치, 경제 등 모든 면에서 모국에 있을 때보다 더 많은 노력을 해야 한다. 막연히 여기보다 저기가 나을 것이라는 생각을 하면 안 된다. 디아스포라는 '고통'이고 그 과정을 거쳐 '혁신'해야 여기와 저기를 안을 수 있다.

약 1년 뒤인 2022년 11월, 전후석 감독의 「초선Chosen」이 국내 개봉되었다. 주제는 역시 디아스포라였다. 토요일 오후 지하철을 타고 코엑스 메가박스에 갔다. 영화를 보기 며칠 전 전후석 감독에게서 「초선」 관람 초청 연락이 왔다. 이미 영화를 예매한지라 정중히 거절하고 마음만 고맙게 받았다. 메가박스 스크린 A는 좌석 36석의 소규모 상영관이었다. 관객은 반 정도 찼고 편하게 앉아 영화를 감상했다.

「초선」은 2020년 선거에서 미국 연방 하원의원에 도전했던 한국인 다섯 명의 선거전을 다룬 다큐멘터리다. 영화 제목도 중의적이어서 재미있다. 'Chosen'은 '선택받은 인간'이란 뜻이자 한미수호통상조약 체결 당시 미국이 표기한 한국의 국명이다. 2020년 선거는 당시 트럼프 대통령과 조 바이든이 붙었던 대통령 선거와 함께 연방 상하원 선거도 진행되었다. 한국인 다섯 명은 이념과 세대, 성별, 출신들이 모두 달랐다. 3선 의원으로 당선된 앤디 킴에 대한 기사도 올라왔다. 감독의 시선이 내가 디아스포라를 바라보는 것과 같다는 점에서 높은 관심이 생겼다.

영화의 첫 장면은 재미 언론인 이경원 기자가 목이 메어 울부짖는 것으로 시작한다. 그는 전에도 LA 폭동을 '미국 사회가 오래된 흑백 갈등을 흑인과 한인 간의 약약 갈등으로 돌려서 한국인 이민자들을 희생양으로 삼았다'고 발언한 적이 있었다. 그는 이 사건을 계기로 한국인들이 미국

시민이 되어야 할 당위성을 깨달았다.

1992년 4월에 일어난 LA 흑인 폭동은 인종 차별로 일어난 문제였지만 그 피해는 한인들의 몫이었다. 경찰과 주방위군까지 동원되었다. 그들이 백인 주거 지역을 막고 한인 지역으로 가는 길은 막지 않은 탓에 한인들은 엄청난 피해를 입었다. 하지만 당시 미국 정부에는 재미 교포들을 대변해줄 제대로 된 창구가 없었다. 미국 정부가 방치한 한인 타운은 마치 포화 속에 버려진 도시 같았다. 인종 갈등으로 일어난 흑인의 분노가 백인이 아닌 한인에게 조준되었을 때 누구도 한인들을 보호해주지 않는다는 절망은 보복이 아니라 '공존'으로 전환되었다.

이 사건으로 한인 사회에는 두 가지 의식의 변화가 있었다. 미국에서 목소리를 내려면 영주권이 아닌 시민권으로 미국인의 권리를 얻어야 한다는 것과, 미국 주류 사회에 진입해서 자신들의 권리를 대변하는 정치가가 있어야 한다는 것이었다. 디아스포라가 그 사회에 뿌리를 내릴 때에는 생존 이상의 의미를 갖게 된다.

한국 전쟁 때 부모가 자유를 찾아 남한으로 내려왔다는 이민 1세 공화당 후보자 미셸 스틸, 인천에서 태어나 가족과 함께 도미해서 한국어와 영어가 능숙한 공화당 후보자

영 김, 외교 전략 담당관 출신으로 재선에 도전하는 이민 2세 민주당 후보자 앤디 킴, 한국에서 미군 흑인과 한국인 여성의 자녀로 태어난 민주당 후보자 메릴린 스트릭랜드, 그리고 한인 사회에서 듣보잡이라는 말을 듣는 민주당 후보자 데이비드 김. 영화는 다섯 명을 다 조명하지만 상당 부분 데이비드 김을 따라간다. 나는 이 선택이 탁월하다고 생각했다.

목사인 아버지는 비정상적(?)인 모든 것을 경멸하고 저주했다. 분노조절장애로 어린 아들을 수시로 폭행해서 죄책감으로 성장하게 했다. 한국 사회에서도 흔한 캐릭터다. 이들은 한국의 역사적 부침을 모두 겪은 세대이다. 생각은 그대로인데 생존의 공간만 옮긴 디아스포라가 이민 1세대이다. 이들은 '공존'이 생존이라는 사실을 인식하지 못했다.

이 영화를 이경원 기자에게 바친다는 엔딩 자막이 떴다. 디아스포라가 이방인 취급을 받지 않으려면 주류 사회에 완전히 동화되어 진입해야 한다. 권리를 인정받는 가운데 자신의 뿌리가 어디인지 잊지 않는 것도 중요하다. 소수자인 디아스포라 가정에서 부모에게 냉대받는 소수자 게이, 데이비드 김의 이야기를 주목해야 할 이유가 여기에 있다. 갈등이 어떻게 포용으로 나아가는지 말이다.

다섯 명의 후보자 중 데이비드 김만 탈락했다. 한국인도 몰랐던 그가 40% 이상을 득표했다는 것이 경이롭다. 영화는 소수자로 불리는 디아스포라를 통해서 공존에 대해 많은 생각을 하게 한다. 정치와 종교, 출신지, 성 정체성, 세대 차에 대한 이들의 이야기는 다름 아닌 우리의 이야기이다. 영화 엔딩 음악이 끝날 때까지 대부분의 관객이 앉아 있었다.

영화를 본 후 봉은사 절 계단에 한참을 앉아 있었다. 고층빌딩과 거리의 불빛을 바라보며 쓸쓸했다. 주류 사회에 진입하기 위한 각고의 노력이 어찌 이민자뿐이겠는가? 우리 안의 모든 소수자를 응원하고 싶다.

현충원에서 읊는
「제망매가」

『케테 콜비츠 평전』의 마지막 책장을 덮고 일어나 창밖을 보니 세상이 하얗다. 책을 읽는 사이 눈이 내렸다. 베를린에 있는 소박한 그녀의 묘지를 잠시 생각했다.

눈이 오면 동작동 국립서울현충원에 가고 싶어진다. 예전 직장 생활을 할 때 연가를 내고 가끔 현충원에 갔다. 텀블러에 커피를 내려서 들고 가곤 했다. 입구에 들어서면 오른편에 종합민원실이 있고 그곳에 작은 도서관(?)이 있다. 민원실에 흔히 있는 서가로 생각하면 안 된다. 기증받은 그렇고 그런 책들이 아니다. 담당자가 책을 사랑하는 사람이라는 생각이 들게 할 만큼 양질의 책이 꽤 된다.

책을 한 권 뽑아 들고 책상에 앉으면 창으로 햇빛이 쏟아졌다. 먼지를 품은 여린 햇살이 책장 위로 내려앉는 풍경을 사랑했다. 책 한 권을 다 읽으면 산책을 시작했다. 올라가면서 오래된 비석 뒷면을 읽는데, 어디서 전사했는지 어떻게 세상을 떠났는지가 적혀 있었다. 어떤 이는 부상으로 후송되어 수도통합병원에서 세상을 떠나기도 하고 또 어떤 이는 전쟁터에서 순직하기도 했다.

생과 사가 화려했던 이들에겐 흥미가 없었다. 천수를 다해 안장된 이들에게도 관심이 없었다. 내가 아니어도 환호해 줄 이들이 많을 테니 말이다. 내가 가는 곳은 꿈 많았을 젊은이들의 묘지였다. 묘비를 읽으면서 말을 건네기도 했다.

'그곳은 어떻습니까.'

그들이 사랑하고 그들을 사랑했던 사람들을 생각했다. 가질 수도 있었던, 가질 뻔도 했던 그 모든 것을 생각했다.

벤치에 앉아 눈을 감고 고개를 뒤로 젖히면 햇살이 내 얼굴에 내리쬐며 광합성을 일으키고 바람은 내 머릿결을 쓰다듬는다. 한 잎만큼의 여유다.

천천히 산길을 내려와 현충탑 뒤 유리문을 열면 위패를 모신 곳이 있다. 그들의 뼈와 살은 바람으로 사라지고 위패만 남았다. 가끔 가 보면 새로운 식구가 있다. 아이들을 물에서 건져내고 익사한 대학생의 잘생긴 얼굴이 웃고 있다. 의사자로 지정된 젊은이다. 마지막 아이까지 구하고 자신은 점점 가라앉는 청춘을 생각했다. 그 아득함….

동작동 현충원의 사계는 아름답다. 봄이면 벚꽃, 여름이면 초록, 가을이면 단풍이 흐드러진다. 겨울에 눈이 오면 산길 옆 절에 앉아 풍경 소리를 듣는다. 묘지 위로 눈이 하얗게 덮이고 비석마저 알아볼 수 없어 생과 사가 아득해질 때 「제망매가」를 중얼거린다.

죽고 사는 길 예 있으매 저히고
나는 간다 말도 못다 하고 가는가
어느 가을 이른 바람에 이에 저에
떨어질 잎다이 한 가지에 나고 가는 곳 모르누나
아으 미타찰彌陀刹에서 만날 내 도 닦아 기다리리다

그대와 함께
'고야풍으로'

몸이 좋지 않아서 어제부터 누워 음악만 들었다. 음반을 고르다 보니 모두 스페인 카탈루냐 출신들이었다. 파블로 카살스나 조르디 사발, 성악가 호세 카레라스나 몽세라 카바예도 그렇다. 지금 듣고 있는 백건우의 『고예스카스』 작곡가도 카탈루냐 출신의 엔리케 그라나도스Enrique Granados다.

　엔리케 그라나도스는 49세에 바다에서 생을 마감했다. 처음 간 미국에서 돌아오다가 영국 해협에서 독일 잠수함에 의해 배가 피격되었다. 그는 구조되었지만 물속의 아내를 구하려고 다시 뛰어들었다가 같이 익사했다. 그는 여행을 싫어했고 특히 선박 여행을 싫어했는데 불길한 예감이 적중했던 것 같다.

　그가 미국을 여행한 이유는 바로 이 음반『고예스카스』와 관련된 오페라 때문이었다. '고예스카스'는 '고야풍으로'란 뜻의 스페인어이다.

　그라나도스는 음악가이면서 문학과 미술에 조예가 깊었고 천재 화가 프란시스코 고야를 좋아했다. 고야의 전시회를 보고 감동을 받은 그라나도스는 피아노곡 여섯 작품을 '고야풍'으로 작곡하고서 친구에게 이렇게 편지를 썼다.

　'나는 고야의 심리, 그 팔레트와 사랑에 빠졌다네!'

　예술은 서로 영향을 주고받는다. 프란시스코 고야는 천재 화가이자 의식이 깨어 있는 철학적인 인물이었다. 나는 그의 수많은 작품 중에서 전쟁 중 적군의 만행과 더불어 부역했던 사람들에게 자국민이 저지른 만행을 기록한 것을 보고 그에게 관심을 가진 적이 있다. 그 작품들 중 하나가「잘하는 짓이다! 시체를 가지고!」였다.

　고야의 작품 세계에서 감명을 받은 그라나도스가 작곡한 피아노곡을 백건우가 연주했다. 음악을 들으면서 이 세 사람은 서로 연결되어 있다고 생각했다. 그라나도스는 진심으로 고야와 공명한 것 같다. 고야는 삶도 복잡했지만 고착된 의식을 가진 인물이 아니어서 쉽게 단정할 수 없다. 오랜 경험과 지식의 축적은 통찰로 이어지고 직관으로 나타난다. 나는 그라나도스와 백건우가 '직관의 인간'이라고 생각한다. 고야를 이해한 그라나도스나 그의 곡을 연주로써 말하는 백건우는 동종 부류다.

이 음반은 '도이치 그라모폰'에서 제작했고 일곱 곡이 수록되어 있다. 나는 이 중에 「비탄, 처녀, 그리고 나이팅게일」이란 곡에 붙들렸다. 이 곡의 원제는 「Quejas o La maja y el ruiseñor」다. 원제의 마야maja는 '옷을 벗은 마야'와 '옷을 입은 마야'로 유명하다. 이 곡은 그라나도스가 고야의 여인 그림 여러 작품에서 영감을 받아 작곡했다. 슬픔과 우아함이 묘하게 직조된 이 곡을 들으면서 고야와 그라나도스의 여성관을 이해할 것 같았다. 고야는 아내를 잃고 삶이 바뀐 인물이다. 조국에서도 축출당해 망명지 프랑스에서 생을 마감했다.

백건우의 별명은 '건반 위의 구도자'이다. 그의 연주는 사색적이지만 그의 생은 자주 루머와 가십에 시달렸다. 북한 납치 미수 사건, 아내의 치매, 최근에는 송사 문제가 TV에 보도되었다. 예술은 철저한 고독이건만 세상은 그를 내버려두지 않았다.

그가 언제부터 사진을 찍었는지 모르겠다. 이 음반 케이스는 한 권의 책인데 그의 사진 작품들이 실려 있다. 표지의 그림은 고야의 생가에서 직접 찍은 화병이다. 그의 사진 속엔 사람이 없다. 풍경은 작가의 심리를 반영하지 않는가. 저 풍경의 아름다움을 넘어 그가 무엇을 원하는지 알 것 같았다.

원래 『고예스카스』는 여섯 곡이었는데 「지푸라기 인형」이 추가되어 일곱 곡이 되었다. 나는 고야의 그림 「밀짚인형」을 생각하고 픗 웃었다.

음악이 끝났다. 일어나 커피를 내려야겠다.

길은 걸어가면
뒤에 생기는 법

가끔 길에서 길을 잃는다. 작년 12월의 그날도 길 위에 서서 잠시 망연자실했다. 생각나면 혼자 죽어버리는 휴대폰을 수리점에서 살려낸 날이었다.

그런 날이 있지 않은가? 전화할 곳도 없고 만나야 할 이도 없지만 가야 할 곳이 있는 것 같은 날. 그래서 극장에 갔고 박흥식 감독의 「탄생」을 보았다. 단순한 종교 영화인 줄 알았다가 성리학적 세계관의 전복에 집중해보았다.

조선 근대의 탄생을 '개벽적 근대화'라고 말한 이가 있었다. 개화적 근대화가 이성과 국가 중심이라면 개벽적 근대화는 영성과 민중 중심의 근대화다. 개벽파가 개화파와 다른 점은 '영성을 견지하며 서양의 도전에 대응했다'는 것이었다. 동학의 정신을 말하는 것이겠지만 나는 조선 근대의 탄생을 실학이라고 믿는다. 그 중심에 천주교도 있었다.

　1845년은 김대건 신부가 사제 서품을 받은 해다. 그는 왕족을 친인척으로 하는 양반 집안의 자식이었으나 증조부 때부터 가톨릭을 믿었고 부친은 1839년 기해박해 때 순교했다. 그때 조선의 전정과 군정, 환정은 극도로 문란했고 세도 정치는 절정에 달했으며 백성의 삶은 피폐했다. 신분 사회의 불평등이 고착화된 세상에서 평등 사상의 돌파구는 천주교에 있었다. 한국 최초의 신부 김대건은 하루아침에 탄생한 것이 아니다. 서품을 받고 1년 만에 사형당했지만, 그의 출현은 누적되고 응축된 시대정신의 폭발이었다.

　천주교는 처음에 종교가 아니라 하나의 사상으로 도입되었을 것이다. 16세기에 포르투갈 신부인 세스페데스가 임진왜란 당시 국내 입국했다는 기록이 있고, 이승훈, 정약전, 이벽 같은 진보 사상을 가진 학자들이 자발적 연구를 했다. 천주교의 교리는 평등 사상을 불러내는 놀라운 세계관이었을 것이다. 조선 시대의 천주교는 성당도 신부도 없이 자생적으로 전파되었다.

　시대가 필요로 하는 사상을 종교에서 찾았을 때 지식인

의 고뇌는 컸을 것이다. 기존의 사상과 충돌하는 것도 모자라 듣도 보도 못한 '초월적 존재'인 신에 대한 순종을 요구하는 교리는 기득권의 분노를 샀다. 「탄생」을 종교 영화로만 볼 수 없는 관점이 여기에 있다.

신념은 어떻게 나아가는가.

"길은 걸어가면 뒤에 생기는 법"이라는 김대건 신부의 대사에서 답을 찾는다. 김대건 신부의 '길'은 해로와 육로의 길을 거쳐 정신의 길을 보여준다. 5개 국어에 능통했던 신 엘리트 지식인을 사형시킨 죄목은 늘 그렇듯 '혹세무민'이었다. 영화를 보면서 과연 박흥식 감독답다는 생각을 했다.

사실 나는 박흥식 감독과 작은 인연이 있다. 4년 전인가? 나는 이야기 생산자를 'storyteller, storywriter, storyshower'라고 한 이가 발터 벤야민이라고 기억하고 있었다. 그의 논문 「이야기꾼」을 출처로 생각했는데 착각이었다. 문장의 주인공은 박흥식 감독이었다. 그는 영화 「베를린 천사의 시」 평론에서 벤야민을 언급하며 '말로 이야기를 하는 호머는 storyteller, 글로 이야기를 하는 페터 한트케는 storywriter, 이미지로 이야기하는 빔 벤더스는 storyshower'라고 분류했다.

이 일을 계기로 박 감독과 대화를 하고 그의 영화를 찾아보았다. IMF 시대의 단편 「하루」를 필두로 가정과 사회에서 약자로 살아온 명수의 유쾌한 도전 「역전의 명수」, 기관사와 대학 독문과 강사와의 만남이 남과 북의 접점에 이르는 「경의선」, 뜻밖의 멜로물 「두 번째 스물」이었다.

나는 영화 「탄생」으로 박흥식 감독이 드디어 임계점을 넘었다고 생각한다. 시대도 사람도 마그마처럼 쌓이고 쌓이면 결정적인 순간이 온다. 인간보다 주자가 힘이 센 시대가 있었듯 지금은 자본이 힘이 센 시대이지만 나는 인간이 먼저인 세상이 반드시 오리라 생각한다.

윌로우 패턴 접시에
담긴 전설

오후 산책을 다녀와 서재의 책상 위를 정리했다. 책을 치우고 오래된 윌로우 패턴Willow Pattern 접시를 세웠다. 이 무늬를 불어로 시누아즈리Chinoiserie라고 부른다. '중국풍'이란 뜻이지만 유럽에서 아주 흔한 패턴의 접시이고 대부분 영국제이다. 접시를 세우다 뒷면을 보니 프랑스산이었다.

베트남은 오랜 세월 프랑스의 식민지였다. 이 도자기는 19세기에 만들어져 베트남에 살던 프랑스인의 주방으로 갔으리라. 영화 「연인」의 식탁 위에서 이 무늬의 접시를 본 것 같다. 베트남 뒷골목 골동품점에서 접시를 산 사람은 무늬의 뜻을 알았을까?

옛날 중국에 '만다린'이란 부자가 살았다. 그는 딸을 귀족 출신의 젊은 장군에게 시집을 보낼 생각이었다. 그러나 딸은 하인과 사랑에 빠져 도망갔다. 두 사람은 추격당하면서 갖은 우여곡절을 겪고 섬에 숨어든다. 섬에 안착해서 조용히 살았으면 좋으련만 하인의 문필력이 세상에 알려지고 만다. 비천한 하인 출신이었지만 그는 뛰어난 재능을 갖고 있었다.

여자의 아버지는 병사들을 보내 그를 죽였다. 딸은 자기가 살던 집에 불을 지르고 그 안에서 타 죽었다. 그다음 이야기는 그냥 동화다. 그들의 사랑에 감탄한 신이 그들을 비둘기로 환생시켰다고 전해진다.

사랑은 죽어야 증명되는 것인가?

누구에게나 참을 수 없는 부분이 있다. 부자인 아버지는 신분 상승 욕구를 참을 수 없었고 딸은 사랑을 참을 수 없었고 하인은 글을 참을 수 없었다.

접시의 무늬는 중국의 부잣집에서 도망친 연인이 배를 타고 섬으로 가서 마침내 두 마리의 새가 되어 훨훨 나는 서사를 보여준다. 이 전설은 동화가 되고 시가 되고 오페라가 되었다. 유럽인이 만든 이야기란 말도 있지만 아무런들 어떠랴. 내게 중요한 것은 접시를 준 이가 이 전설을 알

고 있었냐는 것이다. 아니, 내가 먼저 말해주지 못했음을
후회하고 있다.

사람에겐 참을 수 없는 부분이 있다. 그때 나는 왜 그렇
게 어리석었을까?

아주 오래전의 이야기다.

기묘한
낙관주의자의 죽음

술자리에서 지인의 소식을 들었다. 가족들이 부고도 없이 조용히 처리한 걸 보니 자살이 아니었겠느냐는 얘기였다. 그는 쾌활했고 유머 감각이 탁월한 사람이었다. 그리고 가족이 있었다.

학부 시절 에밀 뒤르켐의 『자살론』에 대한 리포트를 쓴 적이 있다. 그는 자살을 단순한 개인적 행위가 아닌 사회적 사실social fact이라 설명했다. 이기적, 이타적, 아노미적 자살이 기억났다. 그중 아노미는 상당히 흥미를 끌었는데 사회에 적응하지 못한 개인이 주류 사회 탈락으로 택한 죽음이라는 것이었다.

과연 그런가?

한나 아렌트의 「우리 망명자들」이란 글을 읽고 있다. 최근 디아스포라에 대한 책을 중점적으로 읽다가 만난 글이다. 많은 유대인이 살아남아 중산층의 위치에 오르고 명랑 쾌활하게 살다가 어느 날 갑자기 자살하는 현상에 대한 분석 글이었다. 내가 얼마 전 읽은 단편 소설집 『주기율표』의 저자 프리모 레비도 유대인으로 아우슈비츠에서 살아남았지만 자살로 생을 마감했다.

한나 아렌트의 글을 보자.

우리 중에는 낙관적인 이야기를 한참 나눈 후 집으로 가서 가스를 틀어놓거나 빌딩에서 뛰어내리는 '기묘한 낙관주의자'들이 있다. 우리가 선언한 쾌활함이 죽음을 곧바로 받아들일 듯한 위험스러움과 표리일체임을 그들은 증명하고 있는 듯 보인다. 우리는 생명이야말로 최고의 선이며 죽음이 최대의 공포라는 확신 아래 자랐는데, 생명보다 지고한 이상을 발견하지 못한 채 죽음보다도 나쁜 테러의 목격자가 되고 희생자가 되었다.

아렌트는 망명 유대인의 자살 충동을 분석하며 그들은 싸우고 저항하는 대신에 친구와 친척의 죽음을 당연하게 받아들인다고 생각했다. 이제야 어깨의 짐을 벗었다고 쾌활하게 여긴다는 것이다. 그리하여 자신도 어깨의 짐을 벗게 되길 원하게 되고 실제로 자살한다고 했다.

'기묘한 낙관주의자', '자기본위의 죽음'. 낯설지 않다.

「우리 망명자들」이란 글은 『파리야로서의 유대인』이란 평론집에 실려 있다. '파리야'는 차별받는 자란 뜻이다. 파리야가 핵심이다. 이 차별받고 억압당하는 자들이 죽음에 이르는 과정은 특별하지 않다. 인간에 대한 믿음이 사라지는 것. 견고한 절망. 이것은 사회 적응의 문제가 아니다.

한나 아렌트는 '우리는 무지해서 살아남았다'고 했다. 인간을 믿을 수 없다는 것. 어제 당신을 향해 웃던 친구들, 친절한 이웃들이 갑자기 등을 돌릴 때 세계는 무너지는 것이다.

다시 나의 지인으로 돌아간다. 내가 아는 그는 우리나라의 엘리트층에 속하고 재력도 있다. 쾌활하고 유머 감각이 있으며 열린 사고를 갖고 있어 후배들도 좋아했다. 대체 무엇이 그를 죽음으로 몰고 갔는가. 코로나로 그의 사업이 힘들다는 얘기는 들었다. 하지만 우리의 기억 속에 그는 늘 웃고 있었다.

거리에 '기묘한 낙관주의자'들이 걸어다니고 있다. 누군가의 자살 소식을 들을 때 나는 무엇을 잘못했는지, 무엇을 놓쳤는지 문득 두려워진다. 사는 게 전쟁 같다는 생각이 든다.

사람들은 전시에 자살하지 않는다고 한다. 절대 고독의 죽음. 그 대척점은 사랑이 아닐까.

사랑이 우리를 구원할 수 있을까?

춘천은
기가 세다

2023년 6월 14일 토요일 춘천 '파피루스 책방'에서 강연이 있었다. 문화 예술의 대가들이 모인 자리라 원고가 필요 없었다. 즐거운 야단법석에 웃음소리가 한여름의 밤을 채웠다. 먹거리가 풍성했고 책방 주인은 춤을 추었는데 꿈을 꾼 듯하다.

2차 모임 장소 게스트하우스는 위치가 특이해서 아무도 찾을 수 없을 것 같았다. 나도 몇 번의 유턴으로 간신히 찾았는데 주차장에 불빛이 없었다. 어둠 속에서 기다리던 일행들을 헤드라이트로 발견했다. 그날의 주 멘트는 "내가 보입니까?"였다.

같이 있던 한 언더그라운드 재즈 뮤지션이 한 말 "우리는 행복합니까?"가 기억에 남는다. 뇌를 속이는 부분에서 마약과 마약류와 알코올 중독이 나왔는데 대화가 종횡무진이었다. 권력자의 전유였던 술이 슬금슬금 대중 속으로 파급된 인도 이야기도 있었고, 대마초가 마리화나보다 더 몸에 안 좋다는 해괴한(?) 경험담도 있었고, 올더스 헉슬리 『멋진 신세계』의 '소마'까지 흘렀다.

귀신 이야기는 왜 나왔는지 모르겠다.

오래전 중국의 항저우 호텔에서 있었던 일이다. 저녁을 먹으러 내려가기 전이었으니 해가 질 무렵 초저녁이었다. 나는 객실에 짐을 풀고 잠깐 침대에 누웠다. 베개에 머리를 올리자 남자가 내 귀에 대고 중국어로 말하기 시작했다. 나는 중국어를 모르는데도 그의 말을 알아들었다.

"갑자기 네가 내 옆에 누워서 불편하다. 나는 지금 몹시 피곤한데 도대체 네가 어떻게 이 방에 들어왔는지 모르겠다."

나는 멀쩡했고 조금도 피곤하지 않았으므로 내 귀를 의심했다. 젊은 남자의 목소리가 너무 생생해서 나는 벌떡 일어났다. 그는 호텔의 투숙객이었는데 뇌가 죽음을 인식하기 전 급사한 것 같았다. 나는 이런 경험이 몇 번 있었고 매번 낭패감을 느꼈다. 사람처럼 귀신도 외로웠다.

직장 동료의 집들이에 갔다가 화장실인 줄 알고 문을 열었는데 방이었다. 침대 위로 창백하고 하얀 남자의 손이 침대 끝에서 침대 머리로 기어가고 있었다. 나는 그의 손이 침대 틀 위로 올라가는 것까지 보고 문을 닫았다. 동료는 전 주인이 황급히 이사 가며 넘겨준 가구들을 횡재했다고 표현했다. 나는 같이 식사를 한 후 현관 앞에서 조용히 말했다.

"식사할 때 작은 소반에 밥상 하나 차려서 구석에 놓으면 복 받을 거야. 이사하면 왜 떡 돌리잖아? 대신에 밥을 한 그릇 더 담으면 좋은 일 생길 거야."

동료는 그 집에서 자식들이 가출하고 이혼했고 병까지 들었다. 그는 평소 입에 독설을 물고 살았는데 천성이 배려가 없는 사람이었다. 귀신 탓이 아니라 그의 운명이었을 것이다. 천국과 지옥은 신이 결정하는 것이 아니라 생전에 자신이 선택한다고 믿는다.

제일 이상했던 경험은 꿈인지 생시인지 여자 귀신이 나타나 내 소원을 하나만 들어주겠다는 것이었는데 요술 램프의 지니가 연상되어 나는 배꼽을 잡고 웃었다.

'나는 당신이 평화로운 곳에서 살기를 바라요. 그때 다시 만나요.'

대학 교수와 시인과 소설가와 화가와 뮤지션과의 대화는 끝을 몰랐지만 핵심은 '인간의 행복'이었다. 밤 2시쯤 헤어져 달리던 춘천의 국도는 음산했다. 길을 잘못 들어 다시 돌았으며 강물은 깊고 어두웠다. 동승한 P 시인이 없었다면 나는 편의점에서 해가 뜨기를 기다렸을 것이다.

　그녀를 용인까지 바래다주고 조금 피곤해서 길가에 차를 대고 해 뜨는 장면을 바라보았다. 산 자와 죽은 자의 축제 같은 밤이었다. 내가 왜 밤의 국도를 두려워했는지 잠시 생각했다. 동행자에게 말은 안 했지만 물 위로 수장된 사람들이 머리를 내미는 걸 본 것 같다. 할 말을 다하지 못한 자들은 죽어서도 얘기하고 싶어 한다.

　문득 예술가들이 그들의 이야기를 대변하는 자들이 아닌가 싶다. 나의 억울함을, 나의 슬픔을, 그대가 알아주기를 바라는 것이 아닌가. 해원解冤이 샤먼의 것이라면 예술가는 샤먼이 맞다.

　집에 돌아와 누워 잠이 들었는데 누군가가 내게 다시 말을 하기 시작했다. 나는 그녀의 이야기에 꿈속에서도 고개를 끄덕거렸다. 춘천이 내게 다시 돌아오라고 손짓을 했다.

　춘천은 기가 세다.

프리다 칼로의 침대

2022년 연말, 나에게 선물을 했다. 기부할 곳이 많아 좀 어려웠는데 두 눈 질끈 감고 질렀다. 제주도 '시인의 집'의 손세실리아 시인이 프랑스 여행 중 서점에서 발견한 프리다 칼로의 화첩을 구매 대행해서 판매하기에 묻지도 따지지도 않았다. 독일의 출판사 타셴Taschen에서 발간한 책이기 때문이다. 본사가 쾰른에 있는 이 회사는 최상의 아트북을 발간한다.

나는 친구에게 부탁한 타셴의 모네와 마티즈 화집을 갖고 있다. 최근에 나온 데이비드 호크니 화집은 5500불로 입을 딱 벌리게 했는데 그보다 『Frida Kahlo. The Complete Paintings』를 갖고 싶었다. 저자는 세 명의 미술사학자인데 그중 두 사람, 루이스-마르틴 로자노, 안드레아 케텐만은 프리다 칼로에 관한 한 세계적인 전문가로 명성이 드높다.

책은 유명 사진 예술가들이 찍은 그녀의 사진과 작품, 일기, 편지, 삶의 궤적 등 '그림이 있는 평전'이다. 어디에도 수록된 적이 없는, 개인들이 소장한 작품을 찾아내어 수록했다. 책은 하드커버에 무게가 무려 5.42kg, 624쪽으로 상당히 무겁다.

프리다 칼로는 47세에 세상을 떠난 멕시코의 초현실주의 화가이자 공산주의자였다. 여섯 살 때 소아마비에 걸렸고 18살 때 버스를 타고 가던 중 교통사고가 나 철봉이 그녀의 몸을 관통했다. 지체장애인이 된 그녀는 자신을 사랑한 멕시코의 혁명가이자 화가인 디에고와 결혼했다. 소련에서 멕시코로 망명한 트로츠키도 그녀를 사랑했다고 한다.

나는 그녀가 초현실주의를 택한 것은 최선의 선택이었다고 생각한다. 초현실주의 미술은 무의식의 세계를 현실의 화폭에 정착한다. 색채는 밝고 형식은 단순하지만 그녀의 그림에서는 '열정과 고통'이 느껴진다. 이 둘은 광적으로 비례하지 않는가?

책장을 넘기다 그녀가 서명을 키스로 남긴 편지에서 멈췄다. 두 사람이 결혼했을 때 프리다는 21살이었고 디에고 리베라는 43살이었다. 그녀의 부모들은 '코끼리와 비둘기의 결합'이라며 둘의 결혼을 격렬하게 반대했다.

코끼리의 바람기는 타의 추종을 불허했다. 그는 결혼생활 중에 처제를 비롯해 수많은 여인과 부적절한 관계를 맺었다. 심지어 아내에게 이혼을 요구하기도 했다. 프리다에게 사랑은 고통이었다. 증오하면서 동시에 사랑하는 일은 참담했다. 재능에 감동하고 처지를 동정하고 사랑으로 결혼했지만, 코끼리에게도 움직일 수 없는 비둘기는 곤란했을 것이다.

생의 반을 침대에 누워 있던 그녀를 생각한다. 영화 「프리다」의 엔딩신에서 흐르던 음악이 「Burn it blue」였다. '불타는 침대'라는 가사에서 그녀의 작품 「떠 있는 침대」를 떠올린다. 나는 프리다의 책 세 권을 갖고 있는데 이 책은 프리다의 '모든 것'이다.

프리다 칼로가 제주도의 해풍을 타고 내게로 날아왔다.

왼손이
알게 하라

나는 타인의 도움으로 살았다. 세상은 집 없이 떠도는 여학생에게 결코 만만하지 않았다. 나의 노력보다는 누군가의 온정으로 공부도 끼니도 해결할 수 있었다. 그중 사흘을 굶은 내게 밥상을 차려준 옆방의 모르는 언니를 나는 잊지 못한다.

내가 세상을 헤쳐나갔던 힘은 밥 한 공기의 힘이었다. 훗날 자리를 잡고 그녀를 찾으려 애썼지만 찾을 수 없었다. 내가 세상에 돌려줄 수 있는 것은 '밥 한 공기'라고 생각했다. 착하고 선해서가 아니라 빚을 갚는다는 생각이 컸다. 적은 금액이었지만 이자를 갚는다는 마음이었다.

나는 오래전부터 본업 이외에 여러 일을 해왔다. 그중에 지인들의 업체 홍보를 짧은 텍스트로 알리는 일도 있었다. 아이들은 다 컸고 나는 굶지 않으니 돌려줘야 한다고 생각했다.

나는 추천사든 칼럼이든 글을 써서 돈을 받으면 기부해왔다. 몇십만 원에서 많으면 백만 원 단위인데 이번에 큰 액수를 받았다. 회사 홈페이지에 문구를 넣는 건데 예상보다 비용이 커서 어리둥절했다. 내가 쉽게 글을 쓰지 않는다는 것을 회사 대표가 알고 있었던 것 같다.

나는 추천사나 홍보문을 부탁받으면 개인이든 법인이든 조사를 철저히 했다. 나의 텍스트는 '문장의 힘'이 아니다. 어떤 화가는 대상에 대한 존경심이 일지 않으면 진영眞影을 그리지 않는다고 한다. 나도 전문 작가는 아니지만 마음이 움직여야 쓴다. 번듯한 직업을 가진 자가 더 가지려 온갖 돈벌이에 손을 대고 이익만 얻고 사회에 조금도 환원하지 않을 때, 그것이 자본주의의 속성일지언정 나는 등을 돌리게 된다.

작년에 연구소를 창설하면서 회사 대표가 홍보 문구를 부탁했다. 1차 조사를 했을 때 난감했다. 유명한 부동산 전문회사였고 경매에서 건설까지 스펙트럼이 넓었다. 2차

조사를 위해 회사에서 설계하고 지은 건물이 있는 속초까지 혼자 다녀왔다.

젊은 대표는 알면 알수록 놀라웠다. 자본주의의 총아로만 보았던 나의 생각은 여러 번 넘어지고 마침내 전복되었다. 정기적으로 기부하는 곳이 14군데였고 문화 예술에도 깊은 소양을 갖고 있었다. 자본에 감성이 들어가면 긍정적인 순기능이 발휘된다.

개인이나 불우이웃을 도울 때 오른손이 하는 일을 왼손이 몰라야 하는 게 맞다. 고맙지만 얻어먹는 삶이라는 자괴감을 줘서는 아니 된다. 만약 내게 밥을 주었던 그 언니가 동네방네 '굶어 죽어가는 것을 내가 살렸다'고 유세를 떨었다면 나는 적개심을 품었을지 모른다.

그가 지은 다섯 권의 책과 회사 사이트, 그동안 쓴 글과 기사를 종합하면서 이면도 읽었다. 본능적인 촉에 이성과 감성까지 결합된 사람이었다. 회사 대표에게 내게 줄 돈을 기부하라고 하자 그가 한 말이다.

"돈이라는 게요, 인격이 있어요. 그래서 머물고 싶은 사람에게 모이거든요. 풍수지리에서 지기가 한곳에 흘러 모이는 것처럼요. 제 돈이 미옥 샘에게 가서 잘 쓰이면 다른 돈들이 그걸 보고 제게 오거든요. 잘 쓰이고 싶습니다."

나는 내 계좌로 입금된 돈을 소외받는 약자와 비정규직과 외국인 이주민들, 그리고 한국의 작가들을 지원하는 재단에 기부했다. 기부는 내가 아니라 대표의 오른손이 한 일이다. 왼손도 알아야 할 때가 있다.

나는 지금도 내게 친절을 베푸는 사람들에게 감사하며 산다. 그분들의 선행을 세상에 되돌려주는 게 나의 할 일이다.

소멸의
아름다움

가끔 사는 일이 답답해지면 차를 몰고 국도 여행을 한다. 강원도의 한 카페에 앉아 필통을 올려놓고 글을 긁적거리는데 카페 주인이 놀라워했다.

"노트에 연필로 글을 쓰는 분은 처음 봅니다."

헝겊 필통 속에 연필이 그득한 것을 보고 더 놀라워했다. 나도 처음 발견한 기분이었는데 필통 속에 흔한 볼펜 한 자루도 들어 있지 않았다.

어릴 때부터 연필로 편지를 썼다. 한글을 일찍 깨친 탓에 엄마의 편지를 대필했다. 친척에게 구원을 청하는 구구절절 청승인 글이었다. 편지를 여러 번 보냈지만 답장은 없었다.

어느 날부터 나는 편지를 내 마음대로 썼다. 우리는 모두 잘 있으며 집을 사서 이사하게 될 것이라고 했다. 한글을 모르는 엄마는 내가 쓴 편지를 우체통에 넣었다.

쌀이 떨어졌다고 해도 오지 않던 이모가 집을 산다고 하자 달려왔다. 지금 생각하면 조금 형편이 나았을 뿐이었던 이모는 편지가 거짓이라는 것을 알고 화를 냈지만 그래도 쌀을 팔아주고 갔다. 엄마는 눈을 흘겼지만 때리지는 않았다.

"집을 산다고 했단 말이냐?"

돈을 많이 벌면 집을 사야 되지 않겠느냐고 했다. 연필심이 흐려서 나는 침을 묻혀가며 구원의 편지를 썼다.

커서 우울할 때는 연필을 깎았다. 그리고 편지를 썼다. 나의 글은 시간이 흐르면 점점 희미해져 눌러 쓴 흔적만 남을 것을 생각하면 마음이 가벼웠다. 사라지는 것들을 사랑했다. 내게 리포트를 맡기던 친구가 블랙윙 602 연필을 두 타스 선물했다. 사각사각 부드러웠다. 나는 그 연필로 가벼운 글을 썼다. 오늘은 헤밍웨이가 태어난 날이라거나 바람이 불어서 머리카락이 하늘로 올라갔다거나 조금 쓸쓸해서 혼자 노래를 오래 불렀다거나 하는, 누가 읽어도 아무렇지 않을 글이었다.

내가 오래토록 연애편지 대필을 해주었던 친구의 애인은 연필로 편지를 쓴 여자는 네가 처음이었다고 했다. 그러나 둘은 헤어졌다. 나는 두 사람의 이별이 마치 나의 잘못인 듯싶어 한동안 우울했다. 연필의 필적이 흐려지듯 사랑도 흐려졌던 것일까. 헤어진 남자는 어느 날 대화 중에 낯선 여자를 보았던 것일까.

친구는 많이 울었지만 곧 잊었다. 다른 남자를 만나 내게 또 편지 대필을 부탁했다. 그러나 나는 친구의 헤어진 연인과 주고받은 편지를 잊지 못했다. 대필에 그토록 진심을 쏟았던 적이 없는 것 같다. '연필로 편지를 쓴 여자'라는 말에 나는 감정 이입을 했을 것이다.

세상을 사는 것은 연필처럼 제 몸을 깎아내는 일이었다. 나는 조금씩 줄어드는 몸피를 보면서 나를 스쳐간 시간을 절감했다. 이제 볼펜 몸통에 의지하던 몽당연필처럼 내 삶도 소멸하게 될 것이다. 나는 오늘 다시 연필로 편지를 쓰고 싶다. 연필 세 자루를 정성 들여 깎아서 긴 편지를 쓰고 싶다. 나의 연필로 쓰인 문자가 구부리고 펼치고 넘어지며 마침내 날아올라 결승結繩이 되어 그대를 묶게 되기를. 다음 생을 넘어 다다음 생까지 나의 문자가 당신을 기억하기를. 푸른 하늘을 바라볼 때 햇빛 유리가 어떻게 내 눈을 찔렀는지 당신이 나의 하루를 알아주기를.

어떤 것도 너무 힘을 주어서는 안 된다. 편지는 점점 옅어지고 흐려져 힘을 준 자국만 남을 것이다. 사라짐은 아름다운 일이다.

예전에 강원도 국도 여행 중 FM 93.1에서 이 노래가 나와 길가에 차를 세우고 들었다.

기억하라, 함께 지냈던 행복한 나날을

그때 태양은 더 뜨거웠고

인생은 행복하기 그지없었지

마른 잎을 갈퀴로 긁어모으고 있다

– 자크 프레베르Jaques Prevert 「고엽Les Feuilles Mortes」 중

김미옥은 자타공인 활자중독자다. 2019년부터 SNS에 '알려지지 않아 안타까운' 책을 소개하는 글을 쓰기 시작했다. 연간 800여 권의 책 읽기, 1일 1권 이상 읽기와 쓰기를 계속하다 보니 불세출의 서평가로 알려졌고 의도치 않은 팬덤도 생겨났다.

저서로는 『미오기傳』외에 『감으로 읽고 각으로 쓴다』가 있으며 《시로 여는 세상》, 《문학뉴스》, 《중앙일보》 등의 매체에 칼럼을 쓴다. 2024년 '세상을 밝게 만든 사람들'(환경재단), '양성평등 문화지원상' (여성신문)을 수상했고 <활자중독자 김미옥이 만들어낸 독서 열풍>이 EBS 지식채널e에 소개되었다.

미오기傳

김미옥 지음

초판 1쇄 발행 2024년 5월 14일
  9쇄 발행 2024년 10월 29일

펴낸이 이민·유정미
기획 김경민
편집 최미라
디자인 사이에서
표지그림 고모부

펴낸곳 이유출판
주소 34630 대전시 동구 대전천동로 514
전화 070-4200-1118
팩스 070-4170-4107
전자우편 iu14@iubooks.com
홈페이지 www.iubooks.com
페이스북 @iubooks11
인스타그램 @iubooks11

ⓒ김미옥 2024
ISBN 979-11-89534-50-9 (03810)